AF215754

Maike Ruprecht

„Da is ja gar nix!"

*Bibliografische Information der Deutschen National-
bibliothek:*
*Die Deutsche Nationalbibliothek verzeichnet diese
Publikation in der Deutschen Nationalbibliografie;
detaillierte bibliografische Daten sind im Internet
über http://dnb.dnb.de abrufbar.*

*Herstellung und Verlag: BoD – Books on Demand,
Norderstedt*

ISBN: 978-3-7494-451395

Inhalt

Sämtliche in diesem Buch gesammelten Texte entstanden entweder im Rahmen eines Schreibkurses für die jeweilige Abschlusslesung oder einfach aus eigenem Abtrieb.

Die Idee, ein eigenes Buch mit meinen Kurzgeschichten zu veröffentlichen, kam mir, als meine Schreibkursfreundin Meike stolz ihr neustes Werk dieser Art präsentierte. So etwas wollte ich auch haben.

Die Idee zu dieser Geschichte ereilte mich bei einem Spaziergang auf dem Friedhof Bonames. Dort findet man auf manchen Grabsteinen bunte Aufkleber, über welche die Friedhofsverwaltung mit den Besitzern der jeweiligen Grabstelle kommuniziert. Für jede der bisher von mir entdeckten vier verschiedenen Botschaften gibt es eine eigene Farbe.

In Gelb gehalten die Ermahnung „Ungepflegtes Grab", ein roter Aufkleber warnt vor der „Unfallgefahr" durch nicht länger standsichere Grabmäler. Es gibt auch einen blauen Aufkleber, den habe ich aber nur ein einziges Mal zu Gesicht bekommen. Da ich damals noch nicht wusste, dass die Information darauf einmal bedeutsam werden würde, habe ich sie mir leider nicht gemerkt.

Ausschlaggebend für meine Geschichte war jedoch der grüne Aufkleber „Ablauf des Nutzungsrechtes - bitte melden Sie sich bei der Friedhofsverwaltung".

Na dann…

Bürokratischer Erweckungszauber

Die Frau stieß einen spitzen Schrei aus. Gleich darauf noch einen. Zu einem dritten kam sie nicht mehr, weil Herr Vierling sie abwürgte, indem er entschlossen den Regler am Radio drehte und so den Sender wechselte. Das war ja nicht auszuhalten. Wäre er eine Frau, hätte er die Macher derartiger Radiowerbungen sofort wegen übler Nachrede verklagt. So lachhaft wie in Radiospots benahm sich keine Frau, die er im realen Leben je kennen gelernt hatte.

Er konzentrierte sich wieder auf seine Arbeit. Gestern hatte er grüne Aufkleber auf 14 der vielen Grabmäler draußen auf dem Friedhof angebracht.

„Das Nutzungsrecht für Ihre Grabstelle läuft in Kürze ab - bitte melden Sie sich bei der Friedhofsverwaltung". Es musste schließlich alles seine Ordnung haben. Und damit auch jene Hinterbliebenen, die nicht regelmäßig das Grab ihrer Lieben besuchten, von dieser bürokratischen Maßnahme in Kenntnis gesetzt wurden, saß er jetzt im Büro der Friedhofsverwaltung und verschickte die dazugehörigen Bescheide. Sachkundig leckte er die Klebefläche an der Lasche jedes einzelnen Briefumschlags an, bevor er den Umschlag durch Andrücken der angefeuchteten Klebelasche verschloss. Er hätte es nicht tun müssen. Ein befeuchtetes Feuchtekissen stand einsatzbereit neben ihm. Aber er tat es gerne. Der stets gleiche Ablauf hatte etwas Meditatives: falten, tüten, lecken, kleben. Falten, tüten, lecken, kleben.

Ein Geräusch auf dem Flur ließ ihn inne halten. Er hob den Kopf und lauschte, hörte aber nichts mehr. Also faltete, tütete, leckte und klebte er weiter. Im Radio spielte jetzt Musik, sogar ein Lied, das er sehr gern hörte. Das gab seiner Stimmung zusätzlichen Auftrieb.

Abermals ein Poltern. Herr Vierling schaltete das Radio aus und hörte ein klackendes, vertrautes Geräusch. Dieses Geräusch verursachte die Eingangstür, wenn sie ins Schloss fiel. War jemand hereingekommen? Tatsächlich näherten sich Schritte auf dem Flur. Sehr langsame, schlurfende Schritte.

Herr Vierling krauste die Stirn. Er hatte absolut keine Lust, seine meditative Routine von einem Hinterbliebenen unterbrechen zu lassen, der sich über unangemessene Grabbepflanzung beschweren wollte. So wie neulich Frau Schwappenhäuser. Die alte Dame fühlte sich von den Stiefmütterchen auf dem Nachbargrab in ihrer stillen Andacht gestört, da diese, so Frau Schwappenhäuser, „den bösen Blick" hätten. Was sollte er dagegen tun? Es gab zwar einen gelben Aufkleber „Ungepflegte Grabstelle - bitte halten Sie Ihre Grabstelle in ordnungsgemäßem Zustand", der Aufkleber „Unangemessene Grabbepflanzung - bitte pflanzen Sie keine Vegetation mit augengleicher Blütenblattzeichnung" existierte jedoch nicht. Halbherzig schlug er Frau Schwappenhäuser vor, den Stiefmütterchen doch die Augen zu verbinden, was immerhin den Erfolg gehabt hatte, dass die alte Dame empört abgezogen war.

Die Schritte im Gang verstummten, gleich darauf kratzte etwas an der Bürotür.

Herr Vierling legte den eben zugeklebten Umschlag beiseite.

„Herein!"

Zuerst geschah nichts. Dann wieder ein Schaben am Holz, die Klinke bewegte sich zwei Zentimeter nach unten, schwang gleich darauf jedoch wieder in ihre Ruheposition zurück. Durch die Tür war ein leises Röcheln zu hören.

Wer immer dort Einlass begehrte, war nicht nur des korrekten Öffnens einer Tür unkundig, sondern darüber hinaus auch noch schwer erkältet.

Herr Vierling stand seufzend auf, ging hin und öffnete.

Was da hinter der Tür stand, ließ sein Blut gefrieren.

Ein Mann, jedenfalls etwas, das mal ein Mann gewesen war. Das blasse Gesicht war mit Erde verschmiert, in dem einstmals eleganten Anzug hingen Erdkrumen, Insekten krochen darauf herum. Zwei trübe, weißgelbe Kugeln starrten unter verfilztem braunem Haar hervor.

Herr Vierling schrie auf. Er wollte die Tür zuschlagen, doch die Kreatur drückte von der anderen Seite dagegen. Der Spalt vergrößerte sich zusehends. Ein ekelhafter Geruch nach verwesendem Fleisch, vermischt mit dem von feuchter Erde, drang in seine Nase.

Trotz ihres Zustandes verfügte die Kreatur über deutlich mehr Kraft als der Beamte. Zentimeter um Zentimeter verbreitete sich der Türspalt.

Eine verwesende Hand schob sich zwischen Türblatt und Zarge.

Beim Anblick der nagellosen, fleckigen Finger gab Herr Vierling seinen Widerstand auf.

Er ließ die Klinke los und flüchtete hinter seinen Schreibtisch, wo er sich wie der Hase vor dem Fuchs am Boden zusammen kauerte.

Mit unsicheren Schritten schlurfte die Gestalt ins Zimmer. Von seinem Versteck aus konnte Herr Vierling lediglich ihre Füße sehen, aber das genügte. Ameisen bedeckten die Hosenbeine, die Lederschuhe, einstmals von guter Qualität, waren wurmstichig, eine Großfamilie Asseln hatte sich im linken Hosenaufschlag häuslich eingerichtet. Unmittelbar vor dem Schreibtisch verhielten die Füße.

„Oooouuuh!"

Der Untote stieß einen unartikulierten Laut aus und schlug mit der Hand auf die Schreibtischplatte. Herr Vierling duckte sich tiefer.

„Mooouuullden!"

Ein weiterer Schrei ließ Herr Vierlings Herz einen Schlag aussetzen. Dem Untoten war es offenbar zu anstrengend, ihn hinter dem Schreibtisch hervorzuziehen. Stattdessen versuchte er, sein Opfer durch seine grausigen Schreie in Angst und Schrecken zu versetzen und so aus der Deckung zu treiben. Was tatsächlich funktionierte. Herr Vierling war nicht mehr weit davon entfernt, auf gut Glück loszurennen. Wenn er nur irgendwie aus dem Büro kommen könnte, außer Reichweite dieser Kreatur. Vielleicht hatte er eine Chance, der Untote war nicht besonders schnell.

Dieser schlug abermals auf die Tischplatte.

„Mmöööeelldddeen!"

Diesmal meinte Herr Vierling, aus dem Schrei ein Wort heraus zu hören.

Melden!

Was sollte das bedeuten? Wollte diese Kreatur, dass er wie ein Schüler die Hand hob?

Wieder wechselten die Füße ungeduldig die Position, ein Dutzend Ameisen verlor den Halt auf den Hosenbeinen.

„Möööeeelllldden!"

Herr Vierling beschloss, das Risiko einzugehen. Alles war besser, als länger unter dem Schreibtisch zu kauern. Er streckte eine zitternde Hand über die Tischplatte, in der Erwartung, dass die Zähne des Untoten, sich jeden Augenblick darin versenken oder er sie mit bloßer Hand abreißen würde. Es geschah jedoch nichts dergleichen.

„Möelden", grunzte der Untote, nun schon recht klar verständlich. Da steckte Herr Vierling tapfer den Kopf über die Tischplatte.

„Sie wollen sich melden?"

Der Untote nickte. Ein Regenwurm ringelte sich aus dem einen Ohr, fiel in den Kragen und verschwand irgendwo zwischen Hemd und Sakko. Mit einem vermoderten Finger deutete das Wesen auf den Schreibtisch unmittelbar vor sich.

„Melden!"

Herr Vierling starrte ungläubig auf das bedruckte Stück grüne Plastikfolie, das sein Besucher dorthin gelegt hatte. Es handelte sich um einen jener Aufkleber, die er gestern eigenhändig auf den Grabsteinen der betroffenen Gräber angebracht hatte. „Das Nutzungsrecht für Ihre Grabstelle läuft in Kürze ab - bitte melden Sie sich bei der Friedhofsverwaltung."

Herr Vierling schluckte. Dann riss er sich zusammen, kletterte auf seinen Stuhl und nahm das entsprechende Formular zur Hand, intensiv bemüht, Anblick und Geruch seines äußerst ungewöhnlichen Kunden zu ignorieren.

Es dauerte eine Weile, bis Herr Vierling dessen Daten vollständig und korrekt in das Formular für die „Verlängerung der Nutzungsdauer einer Grabstelle" eingetragen hatte. Aber wer konnte dem armen Mann das vorwerfen? Mit halb verwesten Stimmbändern kann man sich eben nicht mehr so klar und deutlich artikulieren. Eine Viertelstunde später war es dann doch geschafft, aus dem anonymen Untoten war Paul Schäfer geworden.

Herr Vierling zögerte kurz. Müsste er nicht eine Notiz über die ungewöhnliche Daseinsform des Antragstellers hinzufügen? Aber was war dieser denn nun genau? Ein Untoter? Ein Zombie? Ein Wiedergänger?

Herr Vierling beschloss, zugunsten seiner Nerven und seiner Nase auf diese Notation zu verzichten und die Angelegenheit besser zügig abzuschließen.

Herr Schäfer bezahlte die Gebühr für weitere zehn Jahre Totenruhe mit leicht vermoderten Geldscheinen und setzte mit seiner fahrigen Unterschrift gleich noch zwei Tausendfüßler aus seinem Ärmel auf das Formular. Hiernach schlurfte er unter Ächzen und Stöhnen zur Tür hinaus. Herr Vierling holte die Kehrschaufel aus der Abstellkammer und fegte das von seinem Besucher zurückgelassene Getier zusammen, welches er auf dem Rasenstück neben der Eingangstür in die Freiheit entließ.

Eines wusste er mit Sicherheit: Die missverständliche Formulierung „Das Nutzungsrecht für Ihre Grabstelle…" auf den Aufklebern musste dringendst geändert werden. Wo käme man hin, wenn alle paar Tage lebende Leichname ins Büro der Friedhofsverwaltung geschlurft kämen, um das Nutzungsrecht ihrer eigenen Grabstellen verlängern zu lassen?

Es musste schließlich alles seine Ordnung haben.

<u>Nachtrag</u>:

Auf der Skala meiner bei einer Lesung vorgetragenen Geschichten rangiert diese ganz klar auf Platz 1. Soviel Spaß wie bei der Intonation der Zombielaute hatte ich selten beim Vortrag eines Textes. Dem anhaltenden Gelächter zufolge ging es dem Publikum nicht anders.

Dimitri zog die Schneide des Messers mit gleichmäßig festem Druck über die gerötete Haut. Sein wehrloses Opfer, das er während des Eingriffs auf dem Arbeitsfläche festhielt, gab keinen Laut von sich. Als ob es dazu jemals Gelegenheit gehabt hätte. Ohne jeden Widerstand glitt die scharfe Klinge durch das Gewebe, dunkelrote Flüssigkeit spritzte aus dem klaffenden Schnitt gegen die Küchenwand. Wie umgekehrte rote Tränen klebten die Spritzer auf den weißen Kacheln. Dimitri fluchte leise.

Nicht nur der weißgekachelte Raum sollte sauber bleiben, der rote Saft hinterließ überdies hässliche Flecken auf der Kleidung, die sich nur schwer wieder entfernen ließen, wie er nur zu genau wusste.

Nachlässigkeit konnte er sich nicht leisten, dafür würde er später einen hohen Preis bezahlen müssen.

Bei seiner ersten Extraktion dieser Art hatte er seine Euphorie nicht zügeln können, hatte wie wild drauf los gesäbelt und in seinem Übereifer die Küche in ein Schlachthaus verwandelt.

Inzwischen hatte er seine Methode perfektioniert.

Er trug Latexhandschuhe. Vor Beginn der Prozedur hatte er die Klinge seines Messers sorgfältig geschärft. Ein scharfes Messer zerquetschte weniger Gewebe, somit trat auch weniger Flüssigkeit aus und die Küche blieb sauber. So einfach war das. Auch der Inhalt der sonnengelben Schüssel auf dem Esstisch war vorbereitet.

Er drehte die Klinge in einen etwas spitzeren Winkel. Konzentriert zog er einen präzisen, geraden Schnitt durch die Haut und diesmal trat keine rote Flüssigkeit aus. Dimitri betrachtete zufrieden den sauberen Einschnitt. Diesmal hatte die Klinge, wie beabsichtigt, lediglich die Haut, nicht aber die unmittelbar darunter liegenden Innereien zerteilt.

Ein paar Zentimeter weiter setzte er erneut an. So arbeitete er sich einmal um den Körper herum, setzte vier weitere Schnitte um den Oberteil, anschließend legte er das Messer beiseite. Der Rest war Handarbeit.

Der obere Teil des Körpers unter seinen Händen war schnell entfernt. Durch die vier präzisen Schnitte an der Basis ließ er sich einfach herausziehen. Dimitri legte das abgetrennte Kopfstück beiseite und blickte durch die geschaffene Öffnung begehrlich in das Innere des Körpers. Die Innereien glitzerten ihm in einem satten Dunkelrot verheißungsvoll entgegen.

Als nächstes brach er den Rest des Körpers auf, dadurch erhielt er kleine handlichere Stücke, aus denen sich die einzelnen Innereien leichter herauslösen ließen. Die zarten Häute dazwischen störten ein wenig, doch er pulte sie geduldig heraus und warf sie zu dem restlichen überflüssigen Beiwerk.

In den kommenden Minuten entnahm er nach und nach sämtliche verwertbare Innereien und warf sie zunächst in eine Schüssel mit klarem Wasser. Die durch seinen anfangs begangenen Fehlschnitt daran haftende Flüssigkeit bildete rote Schlieren im Wasser, die für einen Moment umeinander wirbelten und sich gleich darauf im Wasser verteilten.

Die gesäuberten Stücke fischte er heraus und warf sie in eine bereitstehende, geblümte Schale. Hin und wieder unterbrach er seine Arbeit und warf der sonnengelben Schüssel auf dem Küchentisch begehrliche Blicke zu.

Endlich war er fertig.

Er hob eine behandschuhte Hand vor seine Augen.

Die latexbedeckten Finger waren glitschig von dem roten Saft. Fasziniert starrte Dimitri auf die dunkelroten Tropfen, die an der dünnen Latexhülle entlang rannen und sich allmählich an der Fingerspitze zu einem Tropfen sammelten, der im hellen Tageslicht aussah wie ein dunkelroter Rubin. Wie ein flüssiger Rubin, der sich an seiner Hand materialisierte.

Schon immer hatte diese Farbe eine unheimliche Faszination auf ihn ausgeübt. Und nicht nur die Farbe.

Kurz bevor der wachsende Tropfen zu Boden fiel, streckte Dimitri die Zunge heraus und leckte ihn ab. Der intensive Geschmack breitete sich auf seiner Zunge aus und trug ihn mit sich fort. Er vergaß den aufgeschnittenen Körper vor sich, das Messer mit der rötlich schimmernden Klinge gleich daneben. Sogar die sonnengelbe Schüssel auf dem Küchentisch war für einen Moment bedeutungslos.

Nur mit Mühe zwang er sich zurück in die Wirklichkeit.

Erst musste er hier sauber machen und zuvor die Überreste des verstümmelten Körpers entsorgen.

Er wickelte alles in einen Bogen Zeitungspapier und brachte das Bündel direkt zur Bio-Mülltonne unten im Hof. Anschließend stieg er die Treppe empor, zurück in seine Wohnung. Schneidbrett und Messer reinigte er in der Spüle und trocknete insbesondere das Messer sorgfältig ab, ehe er es zurück in die Schublade legte. Die verfärbten Latexhandschuhe warf er in den Mülleimer.

Ein kurzer Wisch mit angefeuchtetem Küchenpapier beseitigte die wenigen roten Spritzer auf den weißen Fliesen.

Keine zwei Minuten später sah Dimitri sich zufrieden in seiner nun wieder blitzsauberen Küche um. Präzises Arbeiten zahlte sich eben aus.

Aus diesem Grund achtete er bei seinen Extraktionen auch so gewissenhaft auf Sauberkeit.

Jede Minute, die er hinterher mit Putzen zubringen musste, zögerte den Moment hinaus, an dem er seine Belohnung bekam. Die Belohnung für alle Mühen.

Er griff nach der sonnengelben Schüssel. Voller Vorfreude musterte er den frischen Feldsalat darin, den er mit leicht angebratenen Pilzen, Fenchel und Möhren gemischt hatte. Doch das Allerbeste fehlte noch. Aus der geblümten Schale streute er die soeben gewonnenen Granatapfelkerne über den Feldsalat, fügte Balsamicodressing hinzu und begann zu essen.

Im Interesse des Spannungsbogens hat diese Geschichte kein Vor- sondern ein Nachwort:

Jeder, der schon einmal einen Granatapfel ausgenommen hat, wird verstehen, was mich zu dieser Geschichte inspiriert hat. Nach meinem ersten Versuch, den ich noch außerhalb einer mit Wasser gefüllten Schüssel unternahm, sah meine Küche aus, als hätte ich dort genau das getan, was man im ersten Moment dem unschuldigen Dimitri unterstellt.

Dieser Text entstand für eine Ausschreibung des net-Verlags zum Thema „Mystische Geisterschiffe" und wurde zu meiner großen Freude auch in die gleichnamige Anthologie aufgenommen.
Er dreht sich weniger um die Frage „Was kommt nach dem Tod?", sondern vielmehr „Wie kommt man dahin?"

Kreuzfahrt ohne Wiederkehr

Von der Reling aus betrachtete Herr Richter den weißschäumenden Kielwasserstreifen, den das große Kreuzfahrtschiff auf der von der tiefstehenden Sonne geröteten Meeresoberfläche hinterließ.

Dafür, dass er vor zwei Wochen gestorben war, fühlte er sich wirklich gut. Vielleicht ein bisschen vollgefressen, aber das war angesichts des ausgezeichneten Abschiedsdinners auch kein Wunder. Alles in allem war es ein guter Abend, um vom Diesseits ins Jenseits hinüberzugehen.

Dabei hatte er für seine erste Kreuzfahrt ursprünglich ein ganz anderes Reiseziel ins Auge gefasst.

Seit Jahrzehnten hatte er davon geträumt, eine Kreuzfahrt zu machen, doch erst jetzt, mit 78, verfügte er über das nötige Geld und wurde in der örtlichen Zweigstelle des auserkorenen Kreuzfahrtunternehmens vorstellig. Hier durchblätterte er Katalog um Katalog und bekam von der aufmerksamen Reisekauffrau in regelmäßigen Abständen eine neue Tasse Kaffee gereicht, bis er schließlich genau das richtige Angebot entdeckte. Eine vierzehntägige Passage durch den indischen Ozean mit Landausflügen auf La Réunion, Mauritius und Madagaskar.

Er buchte die Reise acht Monate im Voraus, mit allem erdenklichen Komfort. Eine Kabine mit Meerblick und Teebar, Getränkepauschale, er ließ nichts aus. Dies war die erste und vielleicht einzige Kreuzfahrt seines Lebens, da würde er den Teufel tun und knausern.

Die Zeit bis zum Ablegen widmete er sich ausgiebigen Reisevorbereitungen. Er las etliche Reiseführer und Bücher, die sich um Schifffahrt allgemein und das Leben an Bord von Kreuzfahrtschiffen im Besonderen drehten. Er frischte sein Französisch und seine Impfungen auf, beantragte einen neuen Reisepass nebst Visum und dann, eine Woche vor Auslauf des Schiffes, starb er. Nachts in seinem eigenen Bett, völlig undramatisch und gänzlich ungeplant.

Die freundliche Reisekauffrau zeigte sofort Verständnis für seine Lage.

„Sie sehen auch reichlich blass aus. Naja, machen Sie sich nichts draus, Herr Richter. Ich sage Ihnen, wie wir das machen. Ich buche sie einfach um. Unsere Reederei bietet speziell für Fälle wie dem Ihren eine neue Linie an. Hier, schauen Sie mal.“

Aus der untersten Schreibtischschublade zog sie ein Faltblatt hervor.

„Das neueste Schiff unserer Flotte: Die NRL *Abendröte*."

Herr Richter rückte seine Brille zurecht und musterte das Bild auf dem Deckblatt.

Es zeigte ein Kreuzfahrtschiff mittlerer Größe, in gedeckten Farben gestrichen.

Über der Abbildung prangte in großen Buchstaben der Name NR-Line, und darunter, in etwas kleineren Buchstaben, der Slogan: *Gönnen Sie sich einen stilvollen Abgang.*

„Was bedeutet NRL?", fragte er.

„Never returning line".

„Diesen Zettel haben Sie mir vor acht Monaten nicht gezeigt", tadelte Herr Richter.

„Sie werden verstehen, dass es sich hierbei um ein Exklusivangebot handelt, nur für Menschen in ihrer Lage."

Herr Richter schlug den Prospekt auf.

Die Reisebedingungen erschienen durchaus vielversprechend, allerdings dauerte die Reise nur eine statt zwei Wochen und sollte bereits am nächsten Tag losgehen.

„Hier ist kein Zielhafen angegeben. Für welches Land soll ich denn das neue Visum beantragen? Und bekomme ich das überhaupt bis morgen?" Herr Richter warf einen Blick auf seine Armbanduhr und überschlug im Kopf die Öffnungszeiten der Behörde sowie seine Chancen, dort heute noch an die Reihe zu kommen.

„Beruhigen Sie sich, Herr Richter. Für unsere NR-Line reicht Ihr altes Visum vollkommen aus."

Er sah sie überrascht an.

„Und keinerlei Umbuchungsgebühr?"

Die Dame schüttelte lächelnd den Kopf.

Er war begeistert gewesen. Das war doch mal Kundenservice. Ein Kreuzfahrtunternehmen, das sich der Lebenssituation seiner Kunden flexibel anpasste. Sogar der größten aller Lebensveränderungen, dem Tod.

Er reckte die Nase in den Wind und atmete tief ein. Die Luft roch nach Salz und Meer, und die rotglühende Sonne näherte sich immer weiter dem Horizont. Ein Stück voraus trieb eine einmastige Segelyacht auf den Wellen. Am Ruder stand ein Mann.

‚Meine Kabine ist bestimmt ebenso geräumig wie der Raum unter Deck dieser Yacht', dachte Herr Richter. ‚Und bestimmt hat dieser Herr keine Teebar!' Er hat vielleicht einen Wasserkocher nebst Teebeuteln, aber eine ‚Teebar' ist das noch lange nicht.

Hinter ihm erklangen Schritte auf dem Deck. Er warf einen Blick über die Schulter und hob grüßend die Hand, als das Ehepaar Schmitt Arm in Arm vorbei schlenderte.

Die beiden erwiderten seinen Gruß, blieben jedoch nicht stehen, sondern gingen weiter in Richtung Heck. Herr Richter verstand sie. Die letzten Minuten im Diesseits waren ein andächtiger, nachgerade intimer Moment, den die beiden verständlicherweise ungestört miteinander verbringen wollten.

In der vergangenen Woche hatte er sich bereits ausgiebig mit ihnen unterhalten, nachdem er den beiden am ersten Abend an Bord kurz vor dem Willkommensdinner erstmals begegnet war.

Zuvor war er kreuz und quer durchs Schiff geschlendert und hatte sich umgesehen. Glastreppen, kombiniert mit hellen Holzvertäfelungen, sorgten für eine moderne und zugleich behagliche Atmosphäre. Es gab mehrere kleine Salons und Bars, zwei Restaurants und sogar einen Swimmingpool.

Auf seinem Streifzug begegnete er zahlreichen weiteren Passagieren. Hauptsächlich Menschen in seinem Alter, allerdings auch einigen jüngeren Leuten und sogar ein paar Kindern. Allerorts hörte er muntere Gespräche und Lachen.

Als er sich später im Speisesaal nach gegenseitiger Vorstellung zu den Schmitts an den Tisch setzte, wo sie auf das Eintreffen der übrigen Tischgemeinschaft und den Beginn des Dinners warteten, kam er auf diesen ersten Eindruck zu sprechen.

„Ja, wir hatten auch die Befürchtung, die Stimmung hier an Bord könnte trübsinnig sein, aber nach allem, was wir bislang gesehen haben, war das ein Irrtum", antwortete Frau Schmitt. „Die Stimmung auf diesem Schiff ist kein bisschen schlechter als auf gewöhnlichen Kreuzfahrten."

Ihre Antwort ließ Herrn Richter aufhorchen.

„Sie haben bereits eine Kreuzfahrt gemacht?" Frau Schmitt lachte.

„Wir haben zu Lebzeiten mindestens ein Dutzend Kreuzfahrten gemacht. Rund um den Globus.

„Ich befinde mich auf meiner Jungfernfahrt. Was meinen Sie, ist der Kontrast zu einer gewöhnlichen Kreuzfahrt sehr groß?"

„Nun ja, die Menschen an Bord sind schon alle ein wenig blass", antwortete Frau Schmitt.

„Dafür haben wir bereits zwei Vorteile festgestellt", fuhr ihr Mann fort.

„Die Reederei verzichtet auf die üblichen, zeitraubenden Gesundheitschecks und", er machte eine spannungssteigernde Pause „auf die Fotografen!" Herr Richter sah die beiden irritiert an. Das musste ein Scherz sein, den man erst verstand, wenn man bereits eine normale Kreuzfahrt gemacht hatte. Frau Schmitt bemerkte seine Verwirrung.

„Wir können natürlich nicht ausschließen, dass sich einer unter den Passagieren befindet. Mein Mann meint die sonst omnipräsenten Bordfotografen, die bei jeder Gelegenheit Fotos von den Passagieren schießen, damit diese sie dann zu Wucherpreisen kaufen."

Den Verzicht auf Bordfotografen hatte Herr Richter gut nachvollziehen können. Welcher Passagier kaufte schon ein Bild, auf dem er aussah wie ein wandelnder Leichnam?

Der Mann auf dem Segler drehte am Steuerruder und manövrierte damit seine Yacht aus dem Weg der *Abendröte*. Die beiden Schiffe waren einander jetzt so nah, dass Herr Richter den Namen am Heck lesen konnte. „*Kalypso*". Eine gute Wahl, die schöne Segelyacht nach einer griechischen Meernymphe zu benennen, dachte er. Wohin dieser Mann wohl segelte? Bestimmt zu einem gänzlich anderes Ziel als wir.

Es musste herrlich sein, mit einem solchen Schiff die Weltmeere zu kreuzen. Er hätte gerne selbst ein Segelboot gehabt, aber dafür hatten seine Ersparnisse bei weitem nicht gereicht. Deshalb war er froh, seine letzte Reise auf dem Meer verbringen zu dürfen.

Er richtete seine Gedanken erneut auf das eine Woche zurückliegende Willkommensdinner.

Kurz nach ihm war Fräulein Ansbach zu ihnen an den Tisch getreten und wenig später hatte Frau Meyer, eine rüstige, alte Dame, die Tischrunde komplettiert.

„Muss schwer sein, für dieses exklusive Schiff geeignetes Personal zu finden", gab Frau Meyer zu bedenken, nachdem der Steward die Weingläser der Tischrunde gefüllt und sich zurückgezogen hatte.

Die alte Dame prüfte das Bouquet des Weines, befand ihn offenbar für gut und trank ihr Glas in einem Zug halbleer.

„Es ist eine große Reederei mit zahlreichen Angestellten. Das dürfte die Aufgabe vereinfachen", antwortete Fräulein Ansbach.

Aus dem Augenwinkel musterte Herr Meyer die junge Frau zu seiner Rechten, ihre kurzen knallrot gefärbten Haare, die großflächigen Tätowierungen auf den Unterarmen und das Augenbrauenpiercing, dann rutschte er mit seinem Stuhl ein paar Zentimeter weiter nach links.

„Stimmt schon, Fräulein Ansbach. Dennoch glaube ich nicht, dass die NRL aus purer Menschenliebe entstanden ist. Wahrscheinlich ist sie eher der Versuch, auch aus verstorbenen Angestellten noch Profit zu schlagen", erwiderte Frau Meyer.

„Solange sie uns einen derart angenehmen Abschied aus dieser Welt ermöglicht, ist es mir durchaus recht, wenn die NRL ebenfalls von dieser Reise profitiert."

Frau Meyer schnaubte abfällig. „Ich habe die Nase voll von Profitgier. Nach einem Schlaganfall lag ich sechs Jahre lang im Bett, konnte mich nicht bewegen, nicht sprechen und wurde über eine Magensonde ernährt."

„Was hat das mit Profitgier zu tun?", fragte Herr Schmitt.

„So elendig wollte ich nie krepieren, dafür hatte ich gesorgt. Leider hatte meine Patientenverfügung einen kleinen Fehler. Ein einziger, verdammter Fehler.

Deshalb wurde mir so ein Magendings gelegt." Frau Meyers Hand wedelte auffordernd durch die Luft. „Eine Magensonde?", half Herr Schmitt aus. „Genau. Mir wurde ein Betreuer zugeteilt und der hat gut an mir verdient. Für jeden Tag, den ich im Bett lag, musste ich den Kerl bezahlen. Warum hätte er mich da gehen lassen sollen?"

Die alte Dame hatte sich in Rage geredet und nahm zur Beruhigung einen Schluck aus ihrem Glas. „Erst als sich das Dings"

„Die Magensonde", ergänzte Herr Schmitt erneut.

„Wie auch immer. Erst als sich das Ding entzündet hat, waren die Ärzte nicht mehr bereit das weiterhin zu verantworten, und ich durfte endlich abtreten." Sie trank ihr Glas aus.

„Aber genug von mir. Wie hat es Sie erwischt?" Fräulein Ansbach Gesicht verschloss sich.

„Das möchte ich lieber für mich behalten."

Das unbehagliche Schweigen wurde von dem Steward unterbrochen, der den ersten Gang servierte.

„Eine Topinambursuppe mit schwarzer Trüffel", erläuterte er den cremig weißen, mit feinen schwarzen Stiften garnierten Tellerinhalt.

Frau Schmitt schnupperte hoffnungsvoll.

„Das riecht gut. Ich hatte schon befürchtet, es gäbe nichts zu essen. Schließlich besteht keine Notwendigkeit mehr dazu." Herr Richter fühlte sich getröstet.

Die besonderen Umstände ihrer Fahrt bargen also nicht nur für Kreuzfahrtneulinge wie ihn Überraschungen.

„Aber nicht doch, meine Dame", zerstreute der Steward ihre Bedenken. „Nur weil man tot ist, muss man doch nicht auf sämtliche Annehmlichkeiten des Lebens verzichten. Wir haben einen prämierten Sternekoch an Bord, der bereitet die höchsten Gaumenfreuden zu, die Sie sich vorstellen können. Guten Appetit!" Frau Meyer probierte einen Löffel voll.

„Wirklich gut. Es ist doch von Vorteil, dass auch Sterneköche nicht unsterblich sind."

Herr Richter hatte noch nie von einem Gemüse namens Topinambur gehört und musterte seine Suppe skeptisch.

„Es handelt sich um die Wurzelknollen einer Pflanze, die eng mit der Sonnenblume verwandt ist. Die Knollen haben einen süßlichen Geschmack, der an Kartoffeln erinnert", raunte ihm Fräulein Ansbach zu, die sein Stirnrunzeln bemerkt hatte. ‚Kartoffeln wären mir lieber gewesen', dachte Herr Richter. Wer ist bloß auf den Gedanken gekommen, Sonnenblumenwurzeln zu essen?

Da er sich vor der tätowierten jungen Frau jedoch keine Blöße geben wollte, tauchte er zögernd seinen Löffel in die Suppe und probierte. Zu seiner Überraschung schmeckte sie tatsächlich gut.

Er beschloss, seine Meinung über die tätowierte junge Frau zu überdenken und rückte seinen Stuhl zurück an seinen alten Platz.

„Haben Sie Topinumbar schon öfter gegessen?", erkundigte er sich bei Fräulein Ansbach, als er den Löffel neben seinem leeren Teller ablegte.

„Topinambur!", lachte sie. „Ja, durchaus. Ich habe in einem kleinen Vorort von Paris als Küchenchefin gearbeitet, bis…" Wieder überflog ein Schatten ihr Gesicht. „Sagen wir einfach, es war nicht meine Entscheidung, jetzt schon hierher zu kommen."

Ein Detail in ihrer Erzählung gab Herrn Richter die Gelegenheit, das Gespräch zurück in unverfänglichere Bahnen zu lenken.

„Parlez-vous français?"

„Mais oui", antwortete sie, was den letzten Rest seiner Vorbehalte zum Schmelzen brachte und eine angeregte Unterhaltung auf Französisch zur Folge hatte, die sich über den gesamten Hauptgang, ein wunderbar zartes, saftiges Rehrückenfilet mit Rotweinsauce, Haselnussspätzle und Wurzelgemüse, erstreckte.

Dem Rehrücken folgte ein üppiges Soufflé aus dunkler Schokolade mit zweierlei Sauce. Diesmal war es Frau Ansbach, die stumm auf ihren Teller blickte, wo das dunkle Rosa der

Himbeersauce verheißungsvoll die helle Farbe der weißen Schokoladensauce umspielte.

„Haben Sie keinen Appetit mehr?", erkundigte sich Herr Richter.

„O doch. Ich würde sehr gerne davon essen, aber leider vertrage ich keine Laktose."

„Wenn ich in diesem körperlichen Zustand bis jetzt nicht keine negativen Folgen des Alkohols spüre, wird Ihnen die…das Zeug im Nachtisch auch nichts ausmachen", warf Frau Meyer von der gegenüberliegenden Tischseite ein. Sie lehnte sich in ihrem Stuhl zurück und winkte dem Kellner. Herr Schmitt schüttelte den Kopf, was der alten Dame nicht entging. „Was? Das ist vielleicht meine letzte Gelegenheit für einen anständigen Schluck. Wer weiß, wie sie auf der anderen Seite zu diesem Thema stehen."

Der Steward, der inzwischen ein aufmerksames Auge auf die alte Dame gerichtet hielt, war sofort zur Stelle.

„Es verfügen nicht alle über Ihr robustes Naturell, Frau Meyer", murmelte Fräulein Ansbach, doch sie folgte der Empfehlung der alten Dame und probierte tatsächlich von der cremigen Nachspeise, während Frau Meyer mit dem Kellner die geschmacklichen Vorzüge der vorrätigen Whiskeysorten erörterte.

Die Tischgemeinschaft ergänzte sich auch an den folgenden sechs Abenden gut.

Herr und Frau Schmitt steuerten Reiseberichte von ihren zahlreichen Kreuzfahrten bei, Fräulein

Ansbach erläuterte ihnen rätselhafte Gerichte wie ‚Galantine vom Zicklein', und Frau Meyer wusste stets ein paar hintergründige Fakten über den dazu gereichten Wein zu berichten.

So war die Woche für Herrn Richter in angenehmer Gesellschaft und wie im Flug vergangen.

Jetzt ließ er sich, den Bauch gefüllt mit dem vorzüglichen Essen vom Abschiedsdinner, ein letztes Mal an der Reling den Wind um die Nase wehen und sah zu, wie die glutrote Sonne hinter dem Horizont versank, begleitet vom unablässigen Rauschen des Meeres. Es hörte sich an, als würden die Wellen eine Geschichte erzählen. Eine uralte Geschichte, die schon lange vor den Menschen erzählt worden war und noch erzählt werden würde, wenn das Kapitel Menschheit längst der Vergangenheit angehörte.

So wie wir alle an Bord dieses Schiffes in wenigen Minuten vergangen sein werden, dachte er.

Ein bisschen wehmütig stimmte es ihn schon, diese Welt verlassen zu müssen.

Doch er schüttelte den Gedanken ab. Soviel gute Zeiten hatte er erlebt, soviel Schönes gesehen. Er hinterließ wenig Unerlebtes, dem er nachtrauerte und auch sonst hatte das Schicksal es ziemlich gut mit ihm gemeint.

Dass es keine Selbstverständlichkeit war, nach einem langen erfüllten Leben friedlich zuhause zu sterben, hatten ihm die Gespräche der vergangenen Woche deutlich vor Augen geführt.

Die Sonnenscheibe berührte den Horizont.

Das Geländer unter seinen Händen wurde allmählich durchsichtig.

Leichte Schritte näherten sich. Fräulein Ansbach trat an seine Seite. Ein Lächeln breitete sich über Herrn Richters Gesicht, der die junge Frau in den vergangenen Tagen sehr zu schätzen gelernt hatte.

„Ich wollte Ihnen au revoir sagen, mon ami." Herr Richter ergriff ihre dargebotene Hand, die ebenfalls allmählich an Farbe verlor. „Wer weiß, vielleicht begegnen wir uns mal wieder", sagte sie und setzte ihren Weg übers Deck fort um sich von Frau Meyer zu verabschieden.

Die alte Dame stand am Bug. In der linken Hand eine Zigarre, in der Rechten ein Glas mit einer bernsteinfarbenen Flüssigkeit, kostete sie das Leben konsequent bis zum Schluss aus.

„Es ist soweit", hörte er sie sagen. „In wenigen Minuten werde ich Bruno wiedersehen!"

„Ihr verstorbener Mann?", fragte Fräulein Ansbach. Frau Meyers Antwort troff vor Verachtung.

„Mein Dackel!"

Herr Richter wandte seine Aufmerksamkeit wieder dem Meer zu.

Das Geländer unter seinen Händen verblasste zusehends, je tiefer die Sonne ins Meer eintauchte, obgleich es seinem Griff nach wie vor festen

Halt bot. Er hielt sich nicht fest, um seine Position zu stabilisieren, sondern verspürte einfach das Bedürfnis, beim Übergang ins Ungewisse etwas Materielles in der Hand zu halten.

Während das größere Kreuzfahrtschiff seine „Kalypso" backbord passierte, kam es Nils Johansson vor, als würden dessen Farben ein wenig ausbleichen. Wie Buntwäsche, die zu oft gewaschen worden war.

„Das muss eine optische Täuschung sein, bedingt durch die dämmerigen Lichtverhältnisse", überlegte er. Oben an der Reling stand ein alter Herr und winkte ihm zu. „Er sieht ebenfalls etwas blass aus", dachte Johansson noch beim Zurückwinken. Dann wurden der alte Herr und das Schiff immer durchsichtiger, bis sie schließlich von der leichten Brise verweht wurden.

Die folgende Geschichte entstand anhand eines Bildes, welches genau das von mir beschriebene Szenario zeigte. Den Blick aus einem Fenster auf einen Garten, auf dem Fenstersims eine Schale mit klarer Flüssigkeit. Was aller Wahrscheinlichkeit nach ein Vogelbad darstellen sollte, löste bei mir eine so düsterere Assoziationskette aus, dass ich mich später beim Durchlesen vor meinen eigenen Gedanken erschreckte.

Zeit zu gehen

Vom Ostfenster meiner Gartenlaube habe ich den schönsten Ausblick auf meinen Garten.

Dort wachsen zwei knorrige Apfelbäumchen sowie ein alter Birnbaum, die ich alle drei schon lange zurückschneiden wollte.

Auf der linken Seite des Gartens habe ich einen kleinen Gemüsegarten angelegt. Kartoffeln, Tomaten und ein paar Stangenbohnen, die dieses Jahr nicht so recht wachsen wollen. In dem das Gemüsebeet umgrenzenden Holzzaun sind zwei Latten angebrochen, die ich längst reparieren wollte, dennoch sind dieser Garten und das kleine Holzhäuschen mein ganzer Stolz. Jeden Tag sitze ich hier am Ostfenster und genieße den Ausblick.

Doch ist heute etwas anders.

Heute steht vor mir auf der Fensterbank eine flache Schale.

Nach der dritten Mieterhöhung innerhalb von fünf Jahren konnte ich mir die Miete für meine Einzimmerwohnung nicht mehr leisten, und so wurden dieser Garten und die kleine Holzhütte darin mein neues Zuhause. Ich habe die Apfelbäume gepflanzt und die Beete angelegt, habe Unkraut gejätet, Gemüse und Obst geerntet.

Seit 20 Jahren lebe ich hier. Und obwohl es immer viel zu tun gibt, kümmere mich gerne um die Bäume und das Gemüse. Sogar um die undankbaren Stangenbohnen.

Ab morgen brauche ich das alles jedoch nicht mehr zu tun.

Deshalb ist heute etwas anders.

Deshalb steht heute die flache Schale vor mir, gefüllt mit einer klaren Flüssigkeit.

Denn von morgen an wird all das hier jemand anderem gehören. Jemandem, der es nicht haben will. Er wird den Zaun nicht reparieren, kein Gemüse ernten und auch die Obstbäume nicht zurückschneiden.

Morgen werde ich alles verlieren, und nächste Woche wird der Garten für eine Wohnsiedlung planiert. Das Häuschen wird abgerissen, die Beete zubetoniert, die Obstbäume gefällt.

Denn in der heutigen Zeit haben Gemüsebeete und Obstbäume ebenso wenig Wert wie eine kleine, alte Holzhütte. Was zählt, ist das Grundstück, auf dem all das steht und der Parkplatz, den man darauf anlegen kann.

Dann braucht niemand mehr den Zaun zu reparieren oder die Obstbäume zu beschneiden. Gefällte Bäume müssen nicht beschnitten werden.

Dann habe ich kein Zuhause mehr, keinen Ort, an den ich gehen kann.

Deshalb sitze ich hier am Fenster, vor mir die flache Schale mit klarer Flüssigkeit.

Und die setze ich jetzt an die Lippen und leere sie mit ein paar Schlucken, bevor ich wieder zum Ostfenster hinaussehe. Das möchte ich als letztes von dieser Welt sehen. Meinen geliebten Garten.

Für eine Lesung unseres VHS-Schreibkurses zum Thema „Heimathorror" schrieb ich die Geschichte:

Das Portrait der alten Dame

Der Geruch war stets das erste, was Bodo registrierte, wenn er in das Heim eines anderen Menschen eindrang. Diese Wohnung roch vielversprechend: Nach Möbelpolitur und altem Eichenparkett oder anders ausgedrückt, nach Geld.

Warum hatte der Besitzer dieser Wohnung nicht etwas mehr von seinem Geld in die Sicherheit seines Zuhauses investiert? Einen stabilen Schraubenzieher und 30 Sekunden Zeit, mehr hatte Bodo nicht gebraucht, um die Wohnungstür aufzubrechen.

Jetzt stand er in der Diele und sah sich um. Lauschte. Aus der offenen Tür zu seiner Rechten drang das stetige Ticken einer Uhr, sonst war alles still. Rasch durchschritt er den kurzen Flur. Es war nie gut, sich bei einem Bruch länger als unbedingt nötig in einer Wohnung aufzuhalten. Schnell rein und schnell raus, lautete seine Devise.

Der kurze Flur mündete in einen Vorraum, von dem zwei Zimmer abgingen, dahinter führte der Flur tiefer in die Wohnung hinein.

Gegenüber der offenen Wohnzimmertür stand eine mit herrlichen Schnitzereien verzierte Kommode, an der Wand darüber hing ein großes Ölgemälde.

Bodo blieb stehen und betrachtete es mit dem prüfenden Blick des erfahrenen Einbrechers. Im hölzernen Rahmen zeigten sich etliche Dellen, die Leinwand war rissig. Keine lohnende Beute.

Es zeigte eine alte Dame in einem smaragdgrünen Seidenkleid. Kerzengerade saß sie in einem hohen Lehnsessel, ihr Strickzeug auf dem Schoß, dem man das Alter ebenfalls ansah. Kleine dunkle Flecken, die aussahen wie Rost, verunzierten die langen schmalen Stricknadeln. Auf den ersten Blick war es das Bild einer herzensguten Großmutter. So eine, die Kekse für ihre Enkel backte und im Herbst warme Wollsocken für die ganze Familie strickte.

Ihre Augen machten diesen Eindruck allerdings zunichte.

In einem eisigen Blau blickten sie streng auf Bodo hinunter, als wüsste sie, dass er sich unrechtmäßig Zutritt zu dieser Wohnung verschafft hatte. Je länger Bodo in diese Augen blickte, desto unbehaglicher fühlte er sich. Ihm war, als würde ihr Blick mit jedem Augenblick strenger. *Du bist hier unerwünscht. Verlass dieses Haus, solange du noch kannst*, schien er zu sagen.

Bodo schüttelte diesen aberwitzigen Gedanken ab. Schließlich war er nicht zum Spaß hier.

Er zog die oberste Kommodenschublade auf, die allerdings nichts weiter als ordentlich gefaltete, fein säuberlich gestapelte Tischtücher und Servietten enthielt. Sicherheitshalber tastete Bodo rasch unter und zwischen den Stoffen nach Wertgegenständen, fand aber nichts. Er wandte sich dem Wohnzimmer zu. Ein großer Raum, angefüllt mit handgefertigten Möbeln, den Boden bedeckte ein kostspielig aussehender Teppich. Ein Jammer, dass dieser zu sperrig zum Mitnehmen war. Keine Minute später kehrte Bodo mit einer hübschen kleinen Armbanduhrenkollektion sowie einigen Silbersachen in seinem Beutel in den Flur zurück. Sein Blick fiel abermals auf das Portrait. Das gütige Lächeln der alten Dame war unverändert, doch ihre Augen…. Er sah genauer hin. Tatsächlich schien es, als wären die eisblauen Augen schmaler als bei seinem letzten Blick auf die Leinwand. Bodo schluckte. Dieses Bild wurde ihm zunehmend unheimlich.

Erst jetzt fiel ihm auf, dass es so positioniert war, dass die alte Dame aus ihrem Rahmen heraus die Zugänge sämtlicher Räume, ebenso wie den Eingangsbereich der Wohnung überblicken konnte. Auf diese Weise sah sie jeden, der die Wohnung betrat. Abermals musste er sich mühsam aus dem Bann des Bildes lösen.

„Reiß dich zusammen. Du hast hier einen Job zu erledigen", ermahnte er sich.

Der andere vom Vorraum abzweigende Raum, das Gästezimmer, brachte nichts weiter als einen kleinen, schmucken Wecker, den Bodo hastig vom Nachttisch in seinen Beutel beförderte. Kein allzu wertvolles Stück, aber es gefiel ihm.

Jetzt nur noch rasch die Räume am gegenüberliegenden Ende des Ganges, wahrscheinlich Schlaf- und Arbeitszimmer. Erfahrungsgemäß außerordentlich vielversprechend. Im Vorbeigehen vermied er jeden Blick auf das Gemälde. Er wollte den Vorwurf und die stumme Warnung in den Augen der alten Dame nicht sehen. Leider stellte sich das Arbeitszimmer als Enttäuschung heraus. Lediglich noch etwas mehr mittelpreisiges Tafelsilber, das wohl im Wohnzimmer keinen Platz mehr gefunden hatte. Sollte das alles sein? Die Wohnung war ihm so vielversprechend vorgekommen. Nur das Schlafzimmer ganz am Ende der Wohnung war jetzt noch übrig.

Es wurde ein Volltreffer.

Die Schmuckschatulle der Wohnungsbesitzerin lag in der Nachttischschublade.

Ein kurzer Blick unter den Deckel brachte Bodos Augen zum Leuchten. Kurzentschlossen kippte er den gesamten Inhalt in seinen Beutel. Später würde er alles in Ruhe unter die Lupe nehmen.

Er warf die nunmehr leere Schatulle aufs Bett und wandte sich dem Kleiderschrank zu. Ein gewaltiges Gebilde aus unzähligen Schubladen und Fächern, die er in der gebotenen Eile nicht alle durchsuchen konnte. Kurzerhand riss Bodo alles auf, an das er heranreichte, verstreute Taschentücher, Wäschestücke und Sportkleidung auf dem Fußboden, fand aber nichts von Wert.

Als er gerade die Sockenschublade durchwühlte, hörte er das Geräusch.

Ein leises Klicken und Klappern.

Gleich darauf war alles wieder still.

Das sind nur meine angespannten Nerven, dachte Bodo. Höchste Zeit, dass ich mich vom Acker mache.

In diesem Moment entdeckte er in der hintersten Ecke des geplünderten Kleiderschrankes ein kleines Kästchen, dessen dunkle Farbe nahtlos mit der Rückwand des Schrankes verschmolz. Bodo streckte die Hand danach aus, konnte es jedoch nicht erreichen. Der Schrank war zu tief. Er musste sich mächtig strecken, bis er es wenigstens mit den Fingerspitzen berühren konnte.

Wieder das Geräusch.

Wie von dünnen Metallstäben, die in regelmäßigem Abstand aneinander schlagen. Es schien vom anderen Ende der Wohnung zu kommen.

Bodo ignorierte das Geräusch ebenso wie seinen Instinkt, der ihm riet schleunigst aus dieser Wohnung zu verschwinden. Was immer in diesem Kästchen verborgen war, musste kostbar sein. Warum sonst dieser Tarnaufwand?

Endlich bekam er es zu fassen, zog es hervor und klappte den Deckel auf. Das Innere war mit rotem Samt ausgeschlagen und in drei Dutzend spaltförmige Fächer unterteilt, von denen jedes eine makellose Goldmünze enthielt.

Das Klappern kam näher.

Jetzt schien es aus dem Gästezimmer zu kommen.

In seinen inneren Jubel mischte sich plötzlich Furcht.

Bodo bezog hinter der geöffneten Schlafzimmertür Position. Seine Hand packte einen der silbernen Kerzenleuchter in seinem Beutel. Sollte die Wohnungsbesitzerin zurückgekehrt sein, würde sie es bitter bereuen, ihn bei seiner Arbeit gestört zu haben.

Das Geräusch riss nicht ab, wurde für einen Moment leiser, als die vier Wände des Gästezimmers den Schall kurzzeitig dämpften.

Bodo bemühte sich, ruhig zu atmen. Seine Hand umklammerte das Kästchen wie einen Talisman, der ihn vor dem Unbekannten schützen konnte. Sein Herz begann zu rasen.

Er wurde das Gefühl nicht los, er müsste etwas mit diesen Lauten anfangen können. Sie passten zu einer anderen Information in seinem Kurzzeitgedächtnis. Wie zwei Puzzleteile, deren Zusammengehörigkeit erst auf den zweiten Blick erkennbar wurde.

Das Geräusch wurde lauter, bewegte sich unbeirrt auf das Arbeitszimmer zu. Das Kästchen in Bodos Händen zitterte.

Keine Schritte auf dem Fußboden waren zu hören, kein Rascheln von Stoff. Nur das rastlose

Klappern, das sich langsam den Flur entlang bewegte und in diesem Moment im Arbeitszimmer verschwand.

Das war seine Chance. Er ließ das Kästchen fallen und als die Goldmünzen sich auf dem Teppich verteilten, war Bodo bereits auf dem Flur. Er rannte an der offenen Tür zum Arbeitszimmer vorbei, wagte aber nicht, einen Blick hinein zu werfen. Er wollte nur noch hier raus.

Im Vorraum endete seine Flucht jedoch schlagartig.

Das Bild war leer.

Der gemalte Lehnsessel stand unverändert an seinem Platz, die alte Dame hingegen war mitsamt ihrem Strickzeug aus dem Bild verschwunden.

Am Flurende bewegte sich das Klappern vom Arbeitszimmer ins Schlafzimmer, wo es schlagartig verstummte. Von einem Moment zum anderen herrschte drückende Stille in der Wohnung.

In diesem Augenblick verbanden sich die beiden Bruchstücke in Bodos Kopf.

Ihm wurde eiskalt.

Das Klappern setzte wieder ein. Lauter als zuvor, und dieses Mal glaubte Bodo, eine zornige Note herauszuhören. Es bewegte sich auf ihn zu.

Er hastete den kurzen Flur entlang zur Wohnungstür, drückte die Klinke herunter und zog. Die Tür bewegte sich keinen Zentimeter. Bodo erstarrte vor Angst. Vier Minuten zuvor hatte er diese Tür hinter sich zugeklinkt. Sie konnte nicht verschlossen sein. Was ging hier vor? Die Angst schnürte ihm die Kehle zu.

Das Geräusch näherte sich immer schneller.

Ein unheilverkündendes Stakkato, das in seinen Ohren dröhnte und seinen ganzen Kopf ausfüllte, sodass er keinen klaren Gedanken mehr fassen konnte.

Er versuchte alles, um die Tür aufzubekommen. Er rüttelte an der Klinke, trat gegen das massive Türblatt und hämmerte mit bloßen Fäusten dagegen, doch vergeblich. Sie öffnete sich keinen Millimeter.

Das metallische Klappern erreichte das andere Ende des kurzen Flures.

Bodo ließ die Klinke los. Es hatte keinen Sinn mehr.

Unmittelbar hinter ihm verstummte das Geräusch. Bodo drehte sich um.

Und schrie.

Das Kaninchen schnupperte an den sonnengelben Blüten des Löwenzahns. Sein flauschiges Näschen ging auf und nieder. Das Tierchen vollführte ein paar Hüpfer um die Pflanze herum, dann begann es zu futtern.

Else Seyfried sah zu. Die alte Dame saß auf der Sitzbank an einer U-Bahnstation und beobachtete, wie das Kaninchen 15 Meter von ihr entfernt am Boden des tiefergelegenen Gleisbetts mümmelte, während sie auf die U-Bahn wartete.

Sie war auf dem Weg zu ihrem besten Freund Willi Meyer, der sie zum Essen eingeladen hatte. Seit ihrer beider Ehepartner gestorben waren, verbrachten sie viel Zeit miteinander, gingen ins Museum oder ins Konzert. Heute wollten sie zusammen bei Willi kochen.

„Einen leckeren Wildeintopf und dazu meine berühmten Kartoffelklöße", hatte Willi verkündet.

Inzwischen vertilgte das Kaninchen eine Löwenzahnblüte nach der anderen. Nachdem es alles in seiner Reichweite abgegrast hatte, hoppelte es zum nächsten Löwenzahn, ein Stückchen weiter auf Else zu. Die alte Dame lächelte. Wie niedlich das puschelige Schwänzchen auf und nieder wippte, dazu die possierlichen langen Ohren, einfach herzig.

Ein zweites Kaninchen gesellte sich zu dem ersten. Die beiden Tiere beschnupperten einander neugierig.

Else freute sich über die unverhoffte Zweisamkeit. An einem Frühlingstag wie diesem sollte niemand allein sein.

Die Sonne schien warm vom blauen Himmel, auf den Wiesen blühten die Gänseblümchen um die Wette, im frischen Grün der Bäumen und Büsche zwitscherten die Vögel und in der Luft lag bereits ein Hauch des kommenden Sommers. An solchen Tagen ging Else stets das Herz auf. Die Kaninchen empfanden das offenbar nicht anders. Plötzlich packte die beiden die Lebenslust und sie tollten ausgelassen im Gleisbett umeinander, dabei näherten sie sich der Bank, auf der Else saß.

Ein Schatten fiel auf die Kaninchen. Augenblicklich unterbrachen diese ihr lustiges Spiel, kauerten sich an den Boden und verharrten regungslos, offenbar von der Angst gepackt, ein Greifvogel könnte ihrem Leben ein jähes Ende bereiten.

Zornig blickte Else auf die Wolke, die sich so unwillkommen vor die Sonne geschoben hatte. Ausgerechnet jetzt, wo die beiden fast auf ihrer Höhe angelangt waren, musste sich das Wetter einmischen? Sie warf einen Blick auf ihre Armbanduhr. In vier Minuten würde die U-Bahn eintreffen und die Kaninchen waren immer noch etwa 10m von ihr entfernt.

Zu Elses Freude zog die kleine Wolke rasch ihres Weges. Erneut wärmten Sonnenstrahlen Elses Gesicht, schimmerten auf dem braungrauen, glänzenden Fell der Kaninchen und erweckten die Lebensgeister der beiden aufs Neue.

Zu Füßen der alten Dame, wo zwischen den Gleissträngen ein besonders üppiges Bett aus saftigem Klee prangte, schmiegten sie sich ganz dicht aneinander und fingen einhellig an zu mümmeln.

Else schmunzelte zufrieden. Es schmeckte den beiden, das konnte sie sehen. Glänzendes Fell, guter Appetit, lebhaft. Das sprach für eine gute Gesundheit der Tiere.

Bei den heutigen Renten musste man sich als Rentnerin schon etwas einfallen lassen, wollte man frisches Wildfleisch auf dem Tisch haben. Letzten Monat hatte Willi ein saftiges Stück Reh-keule gestiftet. Else war überrascht gewesen. Die Rente ihres Freundes fiel noch geringer aus als ihre eigene, weshalb er auch in einem winzigen Haus an einer vielbefahrenen Landstraße wohnte.

Heute war es an ihr, die Fleischbeilage zu be-sorgen, weswegen sie zeitig zu der Verabredung aufgebrochen war. Falls sie länger als geplant warten musste, machte ihr das überhaupt nichts aus. Sie erfreute sich an dem Anblick der entzü-ckenden Tierchen und der Vorfreude auf das ge-meinsame Essen. Gewiss würden sie und Willi ihren Wildeintopf mit Kartoffelklößen ebenso genießen, wie die beiden Kaninchen dort unten den Klee.

Über die Lautsprecher wurde das Eintreffen der U-Bahn angekündigt. Bei dem plötzlichen Geräusch hoben die Kaninchen den Kopf und stellten das Mümmeln ein. Als sie jedoch keine unmittelbare Gefahr entdecken konnten, kauerten sie sich wieder ganz eng nebeneinander und versenkten die Näschen abermals in das saftige Grün.

Genau zu diesem Zweck hatte Else einen Monat zuvor in einer vorausschauenden Nacht- und Nebelaktion eigenhändig den Klee dort eingesät. Die Stelle war perfekt gewählt.

Erfahrung machte klug. Der Kniff bestand darin, das Kleefeld genau in der Mitte des U-Bahnhofs anzulegen. Dort hatte die U-Bahn noch die höchste Geschwindigkeit und erwischte die fliehenden Kaninchen stets vor dem Ende des tiefer gelegenen Bahnhofs.

Die Tiere waren so mit ihrem Klee beschäftigt, dass sie den leichten Bodenvibrationen zunächst keine Beachtung schenkten. Unbeirrt erfreuten sie sich an dem saftigen Grün. Else freute sich ebenfalls. Nicht nur über die Einfalt der possierlichen Tierchen, die in ihrem Appetit der nahenden Gefahr keine Beachtung schenkten, sondern auch auf den Wildeintopf.

Dann fuhr die U-Bahn ein.

Nachwort:

Die Idee zu diesem Text stammt von einem Zeitungsartikel, den ich vor langer Zeit mal gelesen habe. Er handelte von einem Mann, der seinen Fleischkonsum ausschließlich aus den Kadavern überfahrener Tiere deckt, die er an Bundesstraßen einsammelt. Seine Begründung, diese Tiere hätten vorher wenigstens ein artgerechtes, glückliches Leben geführt, vermochte mich auch nicht so ganz von dieser Form der Ernährung zu überzeugen, da ich mir das, je nach vorausgegangener Verweildauer der toten Körper und Jahreszeit, nicht recht appetitlich vorstellte.

Erika starb.

Zunächst verlief auch alles nach Plan.

Sie spürte ihr Bewusstsein schwinden, erst wurde es dunkel um sie herum, dann sah sie ein Licht.

Zwar wunderte sie sich einen Moment über das Ausbleiben des vielbesagten langen, dunklen Tunnels, nahm es aber so hin. Schließlich hatte sie noch keine große Erfahrung im Sterben.

Als sich ihr Bewusstsein gesammelt hatte, fand sie sich in einem Raum wieder, dessen Einrichtung ihr seltsam vertraut vorkam. Zwei Aktenschränke an der Wand, ein Schreibtisch, auf jeder Seite davon stand ein Stuhl.

Ein Büro.

Das Jenseits war ein Büro?

Sie saß auf dem Stuhl vor dem Schreibtisch, ihr gegenüber saß ein Mann mit einem grauen Pullunder über einem strahlend weißen Oberhemd, der sie über die Gläser seiner randlosen Brille und seinen pedantisch getrimmten Schnauzbart hinweg prüfend musterte.

Gevatter Tod hatte sie sich anders vorgestellt.

„Haben Sie einen Termin?"

„Sie sind der Tod?", erkundigte sich Erika ungläubig. „Ist dies das Jenseits?"

„Nein, ich bin Ihr zuständiger Sachbearbeiter. Wir befinden uns hier erst im Vorzimmer."

Er deutete auf eine hohe Tür in der Wand zu ihrer Linken, auf deren dunkelmarmoriertem Türblatt in verschlungenen Buchstaben das Wort „Jenseits" prangte. Eine sehr sonderbare Tür, die weder Klinke noch Scharniere aufwies, wie Erika bemerkte.

„Ach?!" Mehr fiel Erika dazu nicht ein. Der bärtige Mann fuhr fort.

„Haben Sie nun einen Termin?"

„Äh nein, ich hatte nicht geplant, heute zu sterben."

Schnauzbart sah sie an, als wäre sie komplett übergeschnappt.

„Soll das heißen, Sie haben keinen Termin?"

„Ja!"

„Na, mal sehen was der Chef dazu sagt."

„Wenn es Ihnen ungelegen kommt, kann ich wiederauferstehen und ein anderes Mal sterben. Dann natürlich mit Termin", antwortete Erika.

„Wo Sie schon mal hier sind, können Sie auch bleiben. Schiebe ich Sie halt dazwischen", seufzte er.

„Wie gesagt, ich bin Ihr zuständiger Sachbearbeiter, sozusagen Gevatter Tods Assistent. Ich kümmere mich um die Formalitäten, bevor Gevatter selbst zur Tat schreitet."

„Die Formalitäten?"

„Ja sicher. Haben Sie geglaubt, das geht ohne?"

„Ehrlich gesagt, ja!" Der Mann schüttelte den Kopf.

„Eine im Diesseits weit verbreitete Meinung. Aber wo kämen wir hin, wenn jeder einfach so ins Jenseits dürfte? Was glauben Sie, was dann an Klagen auf uns zukäme?"

„Was denn für Klagen?"

„Zum Beispiel Regressansprüche von Leuten, die hinterher behaupten, wir hätten sie nicht ausreichend über die Risiken des Todes informiert und uns rückwirkend dafür haftbar machen wollen."

Er zog eine Taschenuhr an einer langen Kette aus einer seiner Pullundertaschen und ließ den Deckel aufspringen.

„Könnten wir jetzt bitte zur Sache kommen? Sie sind schließlich nicht meine einzige Kundin heute."

Erika hob die Hände.

„Ok, ok, schon gut!"

„Schön. Laut Vorschrift muss ich unser Gespräch protokollieren." Er zog mehrere Bogen leeres Papier aus den Untiefen seines Schreibtisches hervor, nahm einen Kugelschreiber zur Hand und räusperte sich theatralisch.

„Name?"

„Erika Förster" Diese fundamentale Information wurde schon mal notiert.

„Um meiner Informationspflicht zu genügen, weise ich Sie darauf hin, dass das Sterben eine lebensgefährliche Angelegenheit ist."

„Äh, ja, das ist mir aufgefallen."

Schnauzbart kritzelte etwas auf das erste Blatt.

„Und Ihnen ist auch bewusst, dass der Übergang ins Jenseits irreversibel ist?"

Erika runzelte die Stirn.

„Was bedeutet das?"

Er seufzte. Offenbar passte es ihm gar nicht, dass diese lästige Kundin ihn mit Rückfragen aus seiner Routine riss.

„Dass es aus dem Jenseits kein Zurück gibt." Erika nickte.

„Sie sind sich bewusst, dass Ihr Ableben bei Ihren Angehörigen und Freunden zu einem Gefühl des Verlustes und der Trauer führen kann?"

Erika nickte.

„Laut Friedhofsordnung §24 Absatz 2/b sind Wiedergänger auf deutschen Friedhöfen nicht zugelassen. Ihr Körper ist daher nicht befugt, nach Versenkung des Sarges, seine Grabstelle zu verlassen."

Erika nickte nicht.

„Na dann mach ich das eben vorher!"

Der schnauzbärtige Kopf ruckte hoch.

„Darauf habe ich mich mein Leben lang gefreut", setzte sie hinzu.

„Ersparen Sie mir bitte jegliche Form von Sarkasmus. Ich tue hier nur meine Pflicht.

Als Ihr zuständiger Sachbearbeiter muss ich Sie nach den neuesten Verbraucherschutzrichtlinien auf diesen Paragraphen hinweisen, ehe Sie sich als widerrechtlicher Wiedergänger strafbar machen und hinterher behaupten, wir hätten Sie nicht ausreichend informiert."

Schnauzbart atmete tief durch. „Sind Sie sich nun im Klaren darüber, dass Ihr Körper seine Grabstelle nicht verlassen darf?"

„Ich werde es ihm ausrichten, wenn ich ihn je wiedersehe", antwortete Erika.

Ihr Gegenüber durchbohrte sie mit seinem Blick.

„Ja", antwortete sie brav.

„Von einem Wiedersehen ist ohnehin nicht auszugehen. Ihr Körper wird vielmehr seiner natürlichen Verwertung überantwortet und seine Bestandteile erneut dem biologischen Kreislauf zugeführt werden."

Er brachte diese neuen Erkenntnisse zu Papier, während Erika zusah.

„Warum verwenden Sie eigentlich keine vorgedruckten Formulare?", wollte sie wissen.

Schnauzbart schrieb ungerührt weiter.

Nach zwei Minuten Gekritzel schob er das beschriebene erste Blatt beiseite und griff nach einem neuen Blankopapier.

„Ferner weise ich Sie darauf hin, dass Ihre Beerdigung sowie die Regelung Ihres Nachlasses und Ihrer weiteren Angelegenheiten mit teilweise erheblichen Kosten verbunden sein können, die wir nicht übernehmen."

Erika nickte. Langsam hatte sie die Nase voll von diesem Typen und seinen Formularen. Dauerte das eigentlich immer so lange?

Die Formalitäten hier waren ja schlimmer als im Diesseits.

Von der Wiege bis zur Bahre… ja klar. Der Urheber dieser Weisheit schämte sich hoffentlich im Jenseits für seine Naivität zu Tode. Allem Anschein nach ging es ja an der Bahre erst richtig los.

Endlich schob Schnauzbart ihr die Dokumente über den Tisch entgegen.

„So, hier haben wir das Beratungsprotokoll, Ihre Einverständniserklärung und den Übergangsschein ins Jenseits. Unterschreiben Sie bitte alle drei und…" Er holte ein viertes Blatt aus seinem Schreibtisch und legte es ihr hin. Darauf standen zahlreiche, wiederum handgeschriebene Fragen, unter denen jeweils fünf Sterne darauf warteten, angekreuzt zu werden. Oben drüber stand:

„Wir arbeiten kontinuierlich daran, unseren Service zu verbessern. Bitte bewerten Sie Ihre heutige Sterbeerfahrung!"

Bevor Erika den Bewertungsbogen zusammenknüllen und dem Assistenten in seinen Schnauzbart pfeffern konnte, zog etwas anderes die Aufmerksamkeit der beiden auf sich.

Die dunkle Tür schimmerte plötzlich in goldenem Licht und heraus trat eine hochgewachsene Gestalt, deren tiefschwarze Kutte in dieser amtlichen Umgebung sehr deplatziert wirkte. Die Sense in ihrer Knochenhand sorgte auch nicht gerade für einen harmonischen Gesamteindruck.

Erika stand auf. Irgendwie erschien ihr das angemessen, denn diesmal gab es keinen Zweifel. Das hier war der Tod persönlich, der Schnitter, der Sensenmann, Bruder Hein oder kurzum: der Chef.

Der zu Erikas unangemeldetem Auftreten aber rein gar nichts sagte. Mehr noch, schenkte er ihr vorerst überhaupt keine Beachtung. Sein Blick fixierte kurz den Mann hinter dem Schreibtisch und die handgeschriebenen Formulare darauf, dann trat die dunkle Gestalt auf den Schnauzbärtigen zu und schwang ohne ein weiteres Wort ihre Sense. Kaum berührte das scharfe Schneideblatt den schnauzbärtigen Mann, verschwand dieser ohne jeden Laut. Er löste sich einfach auf. Samt Pullunder und Schnauzbart.

Der Tod nickte zufrieden und wandte sich Erika zu, die ihn ungläubig anstarrte.

Das Dunkel unter seiner Kapuze verbarg den direkten Blick auf sein Knochengesicht, ließ die Konturen des Schädels sowie die leeren Augenhöhlen nur erahnen.

„Sie töten Ihren eigenen Assistenten?", fragte sie mit banger Stimme.

„Erstens war er nicht mein Assistent, sondern nur ein Beamter, der hier unmittelbar vor Ihnen eingetroffen ist und sich ein wenig aufspielen wollte" Der Tod fegte die Formulare mit einer knappen Bewegung in den Papierkorb „und zweitens war der Mann bereits tot. Mein Schlag hat

lediglich seine Seele hinüber ins Jenseits beför-
dert."

Überrascht registrierte Erika seine ebenmäßi-
ge, tiefe Stimme.

Eine Stimme, in der das Versprechen nach
Frieden und Trost lag, und die auf rätselhafte
Weise Vertrauen erweckte, obgleich noch etwas
anderes darin klang. Etwas Dunkles, Endgültiges,
das Erika nicht in Worte fassen konnte. Dennoch
hätte sie diese Stimme sofort mit fünf Sternen
bewertet. Nach so etwas fragte der Herr über den
Tod jedoch nicht.

„Wo sind wir hier?", fragte Erika. „Er…der
Mann eben nannte es ein Vorzimmer?"

„In diesem Punkt hatte er in gewisser Weise
Recht. Dieser Ort ist ein Übergang, sozusagen ein
Raum zwischen zwei Welten. Die der Lebenden
und die der Toten." Die dunkel gekleidete Gestalt
kam auf sie zu.

„Nachdem nun alles geklärt ist…"

Der Tod blieb in gebührlichem Abstand vor
ihr stehen und streckte seine Hand aus.

„Gehen wir?"

Kein dramatisches Schwingen der Sense, er
hielt ihr lediglich höflich die Hand entgegen.

Erika, die mit einer ähnlichen Behandlung gerechnet hatte, wie sie zuvor dem Beamten zuteil
geworden war, begriff nicht gleich. „Wohin?"

Mit der Sense wies der Tod auf die Tür, durch
die er den Raum betreten und die danach wieder
ihre übliche dunkle Farbe angenommen hatte.

„Ins Jenseits. Deshalb sind Sie doch hier."

Auf seiner ausgestreckten Handfläche materialisierte sich ein Gegenstand. Als Erika erkannte, um was es sich handelte, wich sie ein paar Schritte zurück. Eine Sanduhr.

Am Fundament der hölzernen Einfassung prangte ein Messingschildchen mit dem Namen: Erika Förster. Der gesamte Sand befand sich im unteren Glaskolben.

„Ihre Lebensuhr ist abgelaufen!"

Erika schluckte. Für einen Moment hatte sie tatsächlich vergessen, warum sie hier war.

„Ich habe die Formulare noch nicht unterschrieben", wandte sie ein und merkte selbst, wie lächerlich sich dieser Versuch, Zeit zu schinden, anhörte.

Der Tod hielt ihr wortlos die Hand hin. Erika zögerte.

An diesem Teil seines Körpers verbarg keinerlei Stoff die blanken Knochen.

„Sie führen mich also hinüber ins Jenseits?" Der Sensenmann nickte.

„Das ist meine Arbeit!"

„Warum strecken Sie mich nicht ebenfalls mit der Sense nieder?" Im nächsten Moment hätte sie sich für diese Frage auf die Zunge beißen mögen.

Der Tod sah sie überrascht an.

„Wäre Ihnen das lieber?"

„Nein, nein, durch die Tür ist prima. Ich war nur überrascht."

Sie überwand ihren Widerwillen und ergriff seine knöcherne Hand.

„Wissen Sie, die Sense ist mir persönlich etwas zu dramatisch. Ich wende sie nur bei unliebsamen oder aufsässigen Kunden an. Personen, die mir auf die Nerven gehen."

Er geleitete sie bis unmittelbar vor die Tür. Auf einen Wink mit der Sense öffnete sich das Portal ein weiteres Mal, das goldene Licht erstrahlte.

Erika begriff. Es war Zeit. Zeit, ihr irdisches Leben endgültig hinter sich zu lassen, doch sie rührte sich nicht. Was erwartete sie auf der anderen Seite? Bedeutete der Tod ein Ende oder einen neuen Anfang?

Die knöcherne Hand drückte ermutigend die ihre.

„Es besteht kein Grund Angst zu haben. Vertrauen Sie mir!" Entschlossen machte Erika einen Schritt in das goldene Licht hinein. Im selben Augenblick fielen alle Ängste und Sorgen von ihr ab. Das Licht erfüllte sie mit einem wunderbaren Gefühl der Geborgenheit, und an der Seite des Todes ging Erika durch das Portal. Hinein ins letzte große Unbekannte.

Die Geschichten in diesem Kapitel sind zu 100% autobiografisch. Manchmal, wie beim Zauberlauch, waren die Begebenheiten sehr lustig, gelegentlich auch eher demütigend, wie die folgende Geschichte beweist.

Als ich einmal Parkour machte... ein bisschen

Neues lernen soll ja gut fürs Gehirn sein, außerdem ist es immer interessant, neue Dinge auszuprobieren.

Gedanken dieser Art gingen mir durch den Kopf, als ich den Zettel las, der einen neuen Kurs in unserem Sportverein ankündigte. „Parkour" Laut Aushang ging es darum, sich mittels Bewegungen des eigenen Körpers durch einen Parkour oder einen Raum zu bewegen. Der Kurs richtete sich an Jugendliche und Erwachsene und gestaltete sich in meiner Vorstellung als eine Art Zirkeltraining.

Prima, dachte ich. Meinen Körper bewegen, das kann ich. Die Grundkenntnisse sind also vorhanden, geh ich halt mal hin.

Der Kurs sammelt sich. Ich sehe mich um.

Interessante Mischung. Ich (33), acht andere Personen um die 15 und der jugendliche Trainer. Großartig. Von wegen ‚für Erwachsene'. Als erstes gibt es die klassische Vorstellungsrunde. Warum man die in jedem Kurs machen muss, werde ich nie verstehen. Richtiggehend überflüssig finde ich die oft gestellte Frage: Warum seid ihr hier? Ja, warum? Warum besuche ich einen Parkour-Kurs? Bestimmt nicht, weil ich unbedingt stricken lernen will. Aber meinetwegen.

„Ich bin der Paul, bin 15 Jahre alt, hatte schon ein bisschen Parkour in der Schule", lautete die Durchschnittsantwort. Meine Vorstellung weicht dagegen etwas von der Norm ab.

„Ich bin Maike, 33 Jahre und habe noch überhaupt keine Ahnung von Parkour." Auf den Zusatz: „zu meiner Schulzeit war das Wort überhaupt noch nicht erfunden", verzichte ich. Ich fühle mich so schon alt genug. Das wird auch nicht besser als der Trainer, Tristan, 17 Jahre, die Spielregeln für den Kurs festlegt.

„Niemand muss eine Übung machen", lautet die erste Regel. Gut, das ist macht ihn mir schon mal sympathisch. Er würde mich also nicht mit der Peitsche durch den Raum jagen.

„Wenn jemand eine Übung nicht schafft, kann er sie jederzeit abbrechen und niemand darf lachen." Auch kein schlechter Grundgedanke, nur, warum guckt er bei diesen Worten mich an? Ich hätte bestimmt nicht gelacht. Dann laufen wir uns warm.

Joggen, Seitgalopp, Hopserlauf, alles keine Kunst. Doch dann geht´s ans Eingemachte. Tristan legt Matten aus. Diese dünnen, harten, hellblauen Turnmatten, die es auch schon zu Zeiten meines Sportunterrichts gab. Mir schwant Übles. Vielleicht wird das hier doch nicht wie Zirkeltraining.

„Das Abrollen ist sehr wichtig", erklärt Tristan.

Wie jetzt, abrollen? Wieso abrollen? Ich will hier weder Judoka noch Stuntwoman werden, denke ich. Immerhin geht es nicht um den klassischen Purzelbaum oder gar Rolle rückwärts, die ich mich Zeit meines Lebens standhaft geweigert habe zu machen, weshalb ich auch nur eine 4 für meine Darbietung im Bodenturnen bekam, sondern wir rollen uns über die Schulter ab und sollen im Anschluss gleich wieder auf die Beine kommen. Tollkühn stürze ich mich auf die blaue Matte und tatsächlich, ich kann's noch! Nach dreimaligem Abrollen über die Schulter tut mir zwar der dortige Muskel weh, aber ich bin stolz auf mich.

Trinkpause, nächste Übung.

Tristan rollt Turnkästen aus dem Geräteraum. Auch so ein Relikt aus meiner Schulzeit. Diese gut anderthalb Meter hohen, aus einer Art Setzrahmen gestapelten Kästen mit Lederüberzug auf dem obersten Element. Dahinter legt Tristan wieder hellblaue Matten.

„Ihr macht zuerst einen Hocksprung auf den Kasten, dann runter auf die Matten und sofort abrollen." Ich schlucke. Will aber nicht kneifen. Zuerst.

Als ich jedoch sehe, wie sich der Matze, 15 Jahre alt, auf den Kasten schwingt, wie ein Äffchen hinunter hüpft und sich am Boden ohne Zögern abrollt, über die linke Schulter, beschließe ich: Eine weise Frau kennt ihre Grenzen.

Ich bedanke mich bei Tristan, verabschiede mich und wünsche der Gruppe noch viel Spaß. Dann gehe ich nach Hause, setze mich an meinen Laptop und gucke mir „Parkour"-Videos auf YouTube an. Nach einer halben Minute weiß ich: Das wird nichts mit uns beiden.

Ein Sonntagmorgen im November. Draußen regnet es. Drinnen nicht. Weder in meiner Wohnung noch in mir selbst. Im Gegenteil.

Seit Wochen freue ich mich auf einen solchen Wochenendtag. Einen Samstag oder Sonntag also, an welchem die Sonne nicht scheint als gäbe es kein Morgen. So wie es nun schon, mit winzigen, für das Gesamtergebnis vernachlässigbaren Unterbrechungen, seit mindestens sechs Monaten geht.

Einen Tag, an dem ich guten Gewissens drin bleiben kann. An solchen Tagen kann man viele Dinge erledigen oder tun, je nachdem. Ich kann putzen, Wäsche waschen oder die Möbel abstauben. Häusliche Arbeiten, die gemacht werden müssen, aber bei gutem Wetter oft auf den nächsten Tag verschoben werden. Zugegeben, auch bei schlechtem Wetter.

Dann kann ich schreiben, lesen, backen, fernsehen, mit Freunden telefonieren, meine Briefmarkensammlung ordnen (wenn ich eine hätte) all so etwas.

Ohne die lästige kleine Stimme im Hinterkopf, die bei gutem Wetter regelmäßig zur Höchstform aufläuft: „Jetzt lieg doch nicht nur so herum. Geh doch lieber ein bisschen spazieren. Frische Luft tut dir gut. Guck mal, wie schön es draußen ist, und wer weiß wie lange das noch so bleibt. Der trübe Herbst kommt bald mit Nebel und Regen, dann macht es draußen eh keinen Spaß mehr. Geh lieber jetzt noch spazieren. Willst du dir da wirklich die letzten Sonnenstrahlen des Jahres entgehen lassen?"

Den ganzen Sommer lang trieb meine innere Stimme mich mit dieser Argumentation vor die Tür. Kein Wochenende, an dem ich nicht wenigstens eine kurze Runde spazieren ging. Macht ja auch tatsächlich Spaß und tut mir gut. Trotzdem regte sich so ab Ende August leiser Widerstand in mir. Wann durfte ich denn endlich mal wieder einen ganzen Tag gemütlich zuhause bleiben? Zu dieser Frage schwieg meine innere Stimme.

Spätestens ab Ende September zweifelte ich etwas an dem Königsargument meiner inneren „Der Herbst kommt noch früh genug"-Stimme. Da kam nämlich kein Herbst. Unablässiger Sonnenschein bis Ende Oktober und sogar noch die erste Novemberwoche. Der November ist in Sachen Regen und Nebel ja eigentlich sehr verlässlich, doch selbst er ließ mich dieses Jahr zuerst im Stich.

Aber jetzt, in der zweiten Novemberwoche, ist es endlich soweit.

Ein wunderschöner, diesiger Novembertag!

So ein Tag, an dem man bei dichtem Morgennebel aufsteht, während des Frühstücks setzt leichter Nieselregen ein, der sich im Laufe des Tages zu einem veritablen Dauerregen auswächst.

Nicht nur die Natur braucht regelmäßige Regentage, auch der Mensch.

Regentage sind wichtig. Nicht nur für die äußere Reinheit und die innere Ruhe, auch die Regenschirmindustrie sowie die Betreiber von Museen, Galerien, Lichtspieltheatern und Fernsehanstalten sind darauf angewiesen.

An Regentagen ist das Leben leichter, denn dann SOLL man weniger.

Es wird einem täglich von der Außerwelt viel zu viel Zeug um die Ohren gehauen, was man SOLLTE.

Ich soll fünf Portionen Obst und Gemüse pro Tag essen, mein Essen stets frisch zubereiten, sämtliche Zutaten dafür plastiklos und nachhaltig einkaufen, sieben Stunden pro Nacht schlafen, regelmäßig Sport treiben und mich ehrenamtlich engagieren. Von lästigen Beschäftigungen im häuslichen Bereich wie Putzen, Steuererklärung oder Ablage machen, will ich gar nicht erst anfangen.

Rumliegen dagegen ist in der heutigen Gesellschaft geradezu verpönt. Ich für mein Teil habe noch nie irgendwo den Rat gelesen, dass ich „mindestens eine halbe Stunde täglich rumliegen SOLL".

Deshalb sind verregnete Wochenenden so wichtig.

Wann soll man als Vollzeitarbeitnehmer denn sonst mal einen ganzen Tag gemütlich zuhause bleiben und sich „friedlichen Innenbeschäftigungen hingeben", wie Astrid Lindgren es formulierte. Dazu kommt man doch unter der Woche gar nicht.

Warum also kann mich meine innere Stimme nicht einfach mal in Frieden rumliegen lassen? Warum setze ich mich selbst so unter Druck? Wem will ich etwas beweisen, wenn ich nach einer stressigen Arbeitswoche, in der ich an vier von fünf Abenden noch mein Freizeitprogramm durchgezogen habe, mir auch noch das Wochenende mit Terminen vollpacke?

Traurig genug eigentlich, dass man schon ein schlechtes Gewissen bekommt, wenn man am Freitag noch keine Pläne fürs Wochenende hat. Was sollen denn die Kollegen von mir denken? Dass ich keine Freunde habe?

Zeugt es nicht von unerhörter Trägheit, am Wochenende keine großen Pläne zu haben? Ist man tatsächlich ein Faultier, wenn man es sich einfach mal zuhause gemütlich machen will?

Bei früh einsetzender Dunkelheit, Nebel oder gar Regen hat dafür plötzlich jeder Verständnis. Falls sich jemand nach der Existenzberechtigung des Novembers fragt: Das ist sie.

Schlechtes Wetter nimmt den Druck raus. Niemand erwartet, dass man bei Regen, Wind und Schnee großartige Aktivitäten plant oder gar ausführt.

Ganz nach eigenem Gutdünken stundenlang fernsehen, lesen und dabei eine Kanne Tee nach der anderen trinken. So ein Wochenende brauche ich nach einer anstrengenden Woche.

Der Tee spielt dabei eine zentrale Rolle. Nicht nur wegen der Gemütlichkeit, sondern auch wegen der regelmäßigen Flüssigkeitszufuhr. Schließlich SOLL man mindestens 2L am Tag trinken.

Gemüse und schönes Frühlingswetter sind eine nicht ungefährliche Kombination, die einen verleitet Dinge zu tun, an die man vorher nicht im Entferntesten gedacht hatte.

Es war ein wunderschöner Samstagmorgen im April. Wochenende, Sonnenschein, entsprechend beschwingt war mir an jenem Tag zumute. Die Luft roch nach Frühling, die Vöglein zwitscherten und ich ging, ein fröhliches Lied auf den Lippen, vom Einkaufen nach Hause.

Neben anderen guten Dingen trug ich eine prächtige Stange Lauch für meinen Kartoffelauflauf nach Hause, die ich gut sichtbar in der Hand hielt, da im Rucksack einfach kein Platz mehr war.

Wohlgemut spazierte ich den Weg nach Hause entlang, als mir zwei vielleicht siebenjährigen Jungen entgegen kamen. Ohne Lauch, die Armen. In frühlingshaften Übermut schwang ich mein Gemüse, richtete die Porreestange auf die beiden und rief: „Wingardium leviosa!" Dabei wedelte ich heftig mit der Porreestange und schon hoben die beiden ab. Allerdings nicht wegen meiner Zauberkünste, sondern vor Schreck.

Beide starren mich an wie eine Erscheinung. Wahrscheinlich haben sie Harry Potter alle beide nicht gelesen. Auf jeden Fall sah ich wohl so furchterregend aus mit meinem Lauch, dass sie

sich in einem großen Bogen an mir vorbei manö-
vrierten, die Rücken fest an die Hauswand gedrückt und mich nicht aus den Augen lassend.
Anschließend suchten sie so schnell sie konnten
das Weite.

Am nächsten Tag ging ich spazieren, ohne
Rucksack und Gemüse, und traf die beiden wieder!

Ich nickte ihnen freundlich zu, schließlich waren wir so etwas wie alte Bekannte.

Mein Zauber vom Vortag muss sie jedoch
nachhaltig beeindruckt, nachgerade verstört haben, denn diesmal genügte mein bloßer Anblick,
um sie an den Wegesrand springen zu lassen. Als
ich vorbeiging, murmelten sie sich etwas von
„Hexe" zu. Hoffentlich wird in unserem Viertel
nie ein doppelköpfiges Kalb oder ein ähnlich
missgebildetes Tier geboren. Dann steht der Mob
sofort vor meiner Tür. Mit Fackeln und Forken,
angeführt von den beiden Jungs, und ich lande
auf dem Scheiterhaufen. Und das alles wegen
einer Stange Lauchgemüse.

Der Titel dieser Geschichte, der sich freundlicherweise auch als Namensgeber für das ganze Buch zur Verfügung gestellt hat, stammt ursprünglich von einem meiner Kollegen. Auf einer Jahre zurückliegenden Feierlichkeit sollte jeder aus unserem Labor ein Bild seines zuletzt besuchten Reisezieles an die Wand powerpointen. In meinem Fall war das die Weserinsel Harriersand. Als die Luftaufnahme der Insel an der weißen Wand erschien, sprach mein Kollege ungläubig den Satz: „Da is ja gar nix!"

Womit er natürlich Recht hat. Da ist wirklich nichts. Eben deshalb fahre ich ja jedes Jahr dorthin.

„Da is ja gar nix"

Stellen Sie sich vor, ich wäre Günther Jauch.

Sie sind mein Kandidat, sitzen gespannt wie ein Regenschirm auf Ihrem Stuhl, umklammern mit zitternder Hand Ihr Wasserglas und warten auf die 16.000€ Frage. Und da kommt sie auch schon:

„Wie heißt Europas längste Flussinsel"?

Wissen Sie nicht? Dann verlassen wir für einen Moment unser imaginäres Fernsehstudio und machen einen gedanklichen Ausflug auf eben jenes gesuchte Eiland: Harriersand.

Harriersand ist 11km lang, schlanke 1,5km breit und liegt ca.25km vor der Nordseemündung gegenüber der Stadt Brake in der Weser. Also ungefähr in der Mitte zwischen Bremen und Bremerhaven.

Auf Harriersand verbringe ich Jahr für Jahr im Sommer eine Woche. Sozusagen meine alljährliche Pilgerreise, bloß ohne Religion und wundgelaufene Füße. Der Zweck ist aber ein ähnlicher: eine Auszeit vom Alltag nehmen, einfach mal eine Woche der Ruhe genießen, weniger machen müssen.

Schon während der Reise gen Norden gibt es nach und nach von allem immer weniger. Weniger Berge, weniger Häuser, das Land wird weit und man kann das Auge schweifen lassen. Diese Weitläufigkeit trägt bereits sehr zu meiner Entspannung bei. Damit die Gegend nicht ganz so leer aussieht, haben die Niedersachsen reichlich Kühe und Pferde hineingestellt, die gemächlich über die Weiden ziehen. Der Anblick friedlich grasender Nutztiere übt ebenfalls eine sehr beruhigende Wirkung auf mich aus. Rehe tauchen auch gelegentlich auf, wirken aufgrund ihres hohen Seltenheitswertes aber eher anregend.

Der Zielbahnhof meiner Reise ist übrigens Brake/Unterweser. Das sollten Sie sich merken, falls Sie auch mal dorthin pilgern wollen. Steigen Sie im Bielefelder Stadtteil selbigen Namens aus dem Regionalexpress, sind Sie falsch.

Von der Braker Kaje (das ist norddeutsch für Kai) setzt man mit der Personenfähre „Guntsiet" auf die Insel Harriersand über, folgt dem mit Steinplatten gepflasterten Weg durch die Laubensiedlung und betritt schließlich durch eine kleine Holzpforte einen mittelmäßig gepflegten Garten, in dem das Haus steht, das meine Großeltern einst hier gebaut haben. Wobei "Haus" vielleicht etwas übertrieben ist für eine Immobilie mit ca. 25m^2 Grundfläche. Nennen wir es ein Häuschen.

Seit über 60 Jahren bietet dieses schlichte Holzhäuschen einen sommerlichen Rückzugsort für erholungsbedürftige Familienmitglieder.

Auch mich begleitet es schon mein ganzes Leben lang, wobei das Element mit der Rückbesinnung bei mir erst vor etwa acht Jahren hinzukam.

Bis ich 12 war, kam ich mit meinen Eltern und meinem Bruder hier her.

Unten am Weserstrand habe ich meine erste Sandburg gebaut, meine ersten Schwimmzüge gemacht und wollte im Alter von fünf Jahren im Garten eben meine erste lebende Schnecke essen, als Mama dazu kam und sie mir wegnahm.

Später, in meiner wilden Jugendzeit, fuhr ich jedes Jahr mit mindestens drei Freunden hier her. Zu fünft auf 25qm^2 zu schlafen, war eine logistische Meisterleitung, ebenso das Zubereiten ausreichend großer Mahlzeit auf zwei Kochplatten. Als wir einmal gar zu siebt waren, bauten wir kurzerhand ein Zelt im Garten auf und warfen den Grill an.

Inzwischen fahre ich lieber allein. Mit zunehmender Lebenserfahrung hat sich die Insel für mich vom Abenteuerland in einen Zufluchtsort gewandelt. Am schönsten ist es, wenn ich fünf Tage meine Ruhe habe und am Freitag ein oder zwei Freunde dazukommen, mit denen ich nach einem vergnüglichen Wochenende gemeinsam nach Hause fahren kann.

In diesen fünf Tagen ist dieses Holzhäuschen mein Rückzugsort. Meine Zuflucht. Ein Ort, wo nicht alle Viertelstunde jemand was von mir will, ich mich nur nach meinen Wünschen richten muss und die wenigen vorhandenen Elektrogeräte einfach nur doof sind und tun, was ich ihnen sage. Ein solches Refugium wäre jedem Menschen zu wünschen. Allerdings wollen nicht alle eins haben.

Selbst in unserer schnelllebigen Zeit, die solche Dinge wie hochpreisige Schweigewochenenden im Kloster, Achtsamkeitsorigamikurse, Badezusätze namens „glückliche Auszeit" und Einhornausmalbücher für Erwachsene hervorbringt, stößt mein reduziertes Reisekonzept bei weitem nicht überall auf Verständnis. Man denke nur an den abschätzigen Kommentar meines Kollegen.

„Da is ja gar nix!"

Einerseits hat er Recht. Einerseits ist da gar nichts. Moderne Errungenschaften wie Konsumtempel oder Diskotheken sucht man auf Harriersand vergeblich. Andererseits ist da aber sehr viel: Strand, Garten, Schiffe, Möwen, die Weser, ein Radio und mein MP3-Player, ca. 20 Bücher und ein Ausflugslokal mit Eis und Pommes. Das reicht für eine Woche.

Es ist erstaunlich, wie entspannend das Leben unter solch reduzierten Bedingungen wird.

Frühstück im Garten, stundenlanges Lesen im Häuschen oder draußen, je nach Wetterlage. Wenn ich keine Lust mehr zum Lesen habe, gucke ich aufs Wasser. Vor der Kulisse des Braker Hafenpanoramas gibt es immer was zu sehen. Große Seeschiffe und kleinere Sportboote fahren die Weser rauf und runter.

Manches Schiff macht drüben an der Pieranlage fest, wird be- oder entladen und legt hiernach wieder ab, wobei mitunter faszinierende Schleppermanöver zu beobachten sind.

Vor acht Jahren lief sogar mal ein mit 27.000 Tonnen Stahlblechrollen beladener Massengutfrachter vor der Insel auf Grund. Das gab ein großes Hallo. Ein Ölbekämpfungsschiff pumpte die Tanks des havarierten Frachters leer, anschließend bugsierten ihn drei Schlepper in den Braker Hafen. Eine Mordgaudi. Da gab´s richtig was zu gucken auf der Weser…und wo war ich? Hier in Frankfurt.

Nun fragt sich mancher natürlich, warum? Warum fährt jemand Jahr für Jahr auf eine Insel, wo ein auf Grund gelaufenes Schiff den Gipfel der Unterhaltung darstellt und ansonsten nichts ist? Die Antwort liegt in der Frage. Gerade weil da nichts ist! Wenn da nichts ist, muss ich nämlich auch nichts damit machen!

Ich muss mich nicht zwischen dutzenden von Möglichkeiten entscheiden, weil ich nur sechs habe. Lesen, essen, Gartenarbeit, schlafen, bei Ebbe kann man am Strand spazieren gehen, bei Flut kann man baden. Eine so überschaubare Auswahl an Möglichkeiten macht das Leben wunderbar unkompliziert. Das umgekehrte Baguette-Prinzip sozusagen.

Kurze Erklärung:

Gemeint ist natürlich jene weltweit agierende Baguette-Kette, welche die Herstellung belegter Brötchen zur Kunstform erhoben hat. Bevor man dort etwas in den Magen bekommt, muss man mit der Thekenkraft einen Fragenkatalog vom gefühlten Umfang eines Telefonbuchs abarbeiten. Man muss sich entscheiden zwischen 2 Brotlängen, 5 Brotsorten, 2 Brotzubereitungen (getoastet, ungetoastet), 3 Käsesorten, einer unbekannten Vielfalt von Wurstsorten, 8 Gemüsesorten und schließlich 9 verschiedenen Soßen!

All das mag kundenorientiert gedacht sein. Jeder kann sich sein ganz, ganz, ganz individuelles Lieblingsbrot zusammenstellen. Bis auf die letzte Gurkenscheibe. Trotzdem habe ich nur ein einziges Mal in meinem Leben dort etwas gegessen. So viele Entscheidungen will ich gar nicht über ein Ding treffen, das trotz aller Mühen letztendlich bleibt, was es ist: ein belegtes Brot.

Gehen wir lieber zurück nach Harriersand.

Dort muss ich lediglich entscheiden, ob ich den Strand Richtung Norden oder Süden entlangspazieren und ob ich mir hinterher lieber ein Schokoladen- oder ein Vanilleeis am Kiosk kaufen will.

An Zufluchtsorte fährt man schließlich nicht, um täglich neue Herausforderungen zu meistern, die Welt zu retten und stündlich ein Dutzend Entscheidungen zu treffen. Man fährt dorthin, um die Welt für ein paar Tage zu ignorieren, ungestört lesen, schreiben oder vor sich hin gucken zu können und gelegentlich einen Kaffee mit der Nachbarin zu trinken.

Wieder zuhause fühle ich mich dann stets so erholt, als hätte ich eine Stunde in „Glückliche Auszeit" gebadet, dabei eine ganze Kanne Detox-Tee getrunken und 100 Einhörner ausgemalt.

Und nun wieder zurück ins Studio zu unserer 16.000€ Frage:

„Wie heißt Europas längste Flussinsel?"

Seit sechs Jahren schreibe ich neben diversen anderen Texten eine Laborkolumne, die in den Editorials auf laborjournal.de unter dem Namen „Erlebnisse einer anderen TA" veröffentlicht wird. ‚Eine andere TA' bin ich, weil in der gedruckten Laborjournalausgabe bereits eine andere TA schreibt.

TA wiederum steht für die Berufsbezeichnung ‚Technische Assistentin'. Noch präziser bin ich CBTA, also chemisch-biologisch technische Assistentin.

Eine TA führt Experimente durch, wertet sie aus und hält das Labor am Laufen. Tätigt Bestellungen, erläutert Versuchsprotokolle und andere alltägliche Abläufe.

Da diese Kolumne einen wichtigen Teil meiner Schreibereien darstellt, möchte ich drei davon in dieses Büchlein aufnehmen.

Wir beginnen mit der allerersten:

Die innere Mitte

Als ich mich vor zehn Jahren entschloss, TA zu werden, wusste ich noch nicht, wie nervenaufreibend dieser Beruf manchmal sein würde. Sicher, ich rechnete mit missglückten Experimenten, anstrengenden Praktikanten und Kollegen, aber sonst stellte ich mir alles recht entspannt vor.

Womit ich nicht rechnete waren die Bestellungen.

Bei Übernahme dieser Aufgabe erwartete ich ein paar Telefonate zu führen oder, wie in der heutigen Zeit üblicher, Internetbestellungen zu erledigen. Was war schon weiter dabei?

Naja, ich war jung und naiv.

Die folgenden Berufsjahre sollten mich eines Besseren belehren.

Eine eindrucksvolle Demonstration für die Komplexität mancher Warenbeschaffungsprozesse lieferte mir die Saatgutanlieferung für unsere Erbsenanzucht.

Die Bestellung verlief erfreulich einfach. Eine E-Mail an die Saatgutfirma, worauf eine nette Bestätigung vom Chef persönlich folgte, dann wartete ich.

Eine Woche später, Freitag 13:30 Uhr, ich freue mich schon auf meinen Feierabend und das kommende Wochenende, läutet das Telefon.

Eine mir unbekannte Stimme nuschelt was von Erbsen, Lieferung und wohin denn? Nachdem ich all das in meinem Kopf entwirrt und begriffen hatte, dass am anderen Ende der Leitung der Spediteur der erbsenanliefernden Firma war, weise ich ihn auf den Zusatz in der Lieferadresse hin, der noch jeden Lieferanten ans Ziel geführt hat.

Der Mann legt auf.

30 Minuten später, Telefon, Spediteur: „Der Fahrer ist jetzt da!"

Ich sehe mich im Labor um. Kein Fahrer und erst recht keine 300 kg Erbsen.

„Wo denn?", erkundige ich mich.

„Das weiß der Fahrer nicht so genau, irgendwo auf dem Campus jedenfalls!"

Mir fällt ein Mantra ein, das ich vor 15 Jahren bei meinem ersten und einzigen Kurs für autogenes Training gelernt habe: Wir finden unsere innere Mitte.

Ich atme tief durch.

„Was sehen Sie denn in Ihrer Nähe, beschreiben Sie doch mal."

Vielleicht lässt sich so sein Standort ermitteln.

„Moment!"

„Hallo?"

Aufgelegt!

Diesmal dauert es kaum 25 Minuten.

„Der Fahrer sagt, er steht direkt vor einer Baustelle", präsentiert mir der Spediteur stolz seine neueste Erkenntnis. Aha!

Da der Campus Riedberg, ebenso wie das gesamte Stadtviertel dieses Namens gerade erst im Entstehen begriffen ist, ist alles im Umkreis von 1km² Baustelle. Der Mann ist wirklich eine große Hilfe. Warum habe ich bloß nicht mit dem autogenen Training weitergemacht? Ich atme tief durch. Wir finden unsere innere Mitte.

„Geben Sie mir doch die Telefonnummer Ihres Fahrers, dann kann er mir das vielleicht genauer beschreiben", schlage ich hoffnungsvoll vor.

„Nee, geht nicht, der spricht kein Deutsch."

„Ich kann Englisch", wende ich ein.

„Nee, nee auch nicht!"

„Französisch?"

In dieser Sprache bewegen sich meine Kenntnisse zwar auf Schulniveau, aber ich bin verzweifelt, will in mein Wochenende und für ein bisschen ´gauche´ und ´droite´ wird es schon reichen.

„Nee, nee, nee!"

Das erklärt immerhin, warum der gute Mann nicht einfach aussteigen und nach dem richtigen Gebäude fragen kann. Wir finden unsere innere Mitte. Ich begrabe meine Was-ich-schönes-mache-wenn-ich-Freitag-früher-gehen-darf-Pläne und rufe ein paar Leute in den umliegenden Gebäuden an, ob sie einen Lastwagen sehen, ohne Erfolg. Langsam bleibt mir nur der Trost, dass Erbsensaatgut wenigstens keine empfindliche Ware ist und weder gekühlt, noch mit Trockeneis versorgt werden muss. Somit kann die Spedition zur Not am Montag einen neuen Versuch starten, dann vielleicht sogar mit einem wenigstens Französisch sprechenden Fahrer.

Die Rettung kommt schließlich von unverhoffter Seite.

„Da steht ein LKW vor unserer Einfahrt. Könnten das die Erbsen sein?", fragt mich unser Gärtner, als die Leitung einmal kurz nicht durch den Spediteur blockiert ist. Tatsächlich hat der

Fahrer mit seinem LKW fast zwei Stunden unmittelbar vor dem Gewächshaus gestanden, wohin er die Erbsen liefern sollte, ohne einmal sein
Führerhaus zu verlassen.

Solche Geschichten passieren glücklicherwei-
se nicht ständig, aber doch mit unerschütterlicher
Regelmäßigkeit.

Vielleicht spendiert mir mein Professor ja mal
einen Auffrischungskurs in autogenem Training?

Drogenküche und andere Vorurteile

Als molekularbiologisch tätige Technische Assistentin sieht man sich beim Small Talk mit Menschen anderer Berufsgruppen gelegentlich mit Vorurteilen konfrontiert. Obwohl ich meistens schon wohlweislich die verwerflichste aller Tätigkeiten verschweige, die mit k beginnt und auf lonieren endet. Erfahrungsgemäß führt die Erwähnung besagten Teufelswerks beim jeweiligen Gesprächspartner nicht gerade zu Sympathieausbrüchen für meinen Berufsstand. Das Bild des wahnsinnigen Wissenschaftlers, der mit wallender Haarmähne zwischen Tiegeln und Retorten umherspringt und versucht, mit Hilfe widernatürlich gezüchteter Kreaturen die Weltherrschaft an sich zu reißen, scheint tief verwurzelt. Meine E.Coli-Armee befindet sich allerdings erst im Entwicklungsstadium, die Weltherrschaft muss noch warten.

Als Zwischenspiel zwei Dialoge, welche so mancher Biowissenschaftler schon mit Verwandten oder Bekannten geführt haben dürfte, und welche die hohen Erwartungen an Menschen mit abgeschlossenem Biologiestudium aufzeigen.

Tante: „Welcher Pilz ist das?"

Absolvent: „Weiß ich nicht."

Tante: „Du bist doch Biologe!"

Absolvent: „Ich hatte nie näher mit Pilzen zu tun."

Tante: „Aber du hast doch Biologie studiert?!"

Der Pilz in diesem Bespiel ist beliebig austauschbar gegen vielerlei Naturerscheinungen wie Baum, Vogelstimme, Flechte etc.

„Mein Gummibaum lässt die Blätter hängen. Was kann ich denn da machen?"
Ungläubiges Staunen.
„Äh…weiß ich auch nicht. Gießen?"
Der befragte Biologe hat die Vorlesung „Pflege häuslicher Grünpflanzen" wohl geschwänzt. Zur Strafe muss er dem Fragenden nun erklären, warum er sich trotz abgeschlossenem Biologiestudium mit Gummibäumen nicht so richtig gut auskennt.

Ein anderes Vorurteil, angeblich häufig anzutreffen, ist mir persönlich allerdings noch nicht begegnet und wird wohl stets mit einem leicht gierigen Unterton geäußert: „Du arbeitest in einem Labor? Geil, da kannst du ja Drogen kochen!" Macht man das heutzutage nicht in einem Wohnwagen mit ein paar Blechdosen auf einem Campingkocher? Auch diesem Klischee entspricht mein Wirken nicht. Zudem müsste ich mir erst ein entsprechendes Kochbuch besorgen. ‚Die bunte Drogenküche- Meine liebsten Rezepte'. Mit vielen farbigen Bildern.

Apropos Kochbuch: Ein Irrglaube, der mir tatsächlich bereits mehrfach begegnet ist, ist die

Annahme, im Labor arbeitende Menschen seien allesamt hervorragende Köche.

„Ist doch was ganz ähnliches. Letztendlich ist ein Rezept doch auch nur eine Versuchsanordnung", lautet stets die Erklärung wenn ich mich nach der Logik dieses seltsamen Umkehrschlusses erkundige. Nun ja, reduziert man die Beschäftigungsprofile beider erwähnter Berufsgruppen auf die Schnittmenge: 'Zusammenmischen verschiedener Ingredienzien bei gleichzeitiger Hoffnung auf ein gutes Resultat`, mag die Aussage zutreffen, aber bildet dies nicht die Schnittmenge sehr vieler Berufe vom Cocktailmixer über Pferdezüchter bis zum Komponisten?

In einem wesentlichen Punkt unterscheidet sich das Berufsleben eines Biowissenschaftlers jedoch von dem der Köche: Mit Kochen kommt man ins Fernsehen. Es gibt mindestens ein Dutzend Kochsendungen, eine Serie mit dem Titel:

‚Deutschland sucht die super TA', ‚Pipetten des Herzens' oder ‚Duell der Doktoranden' ist mir persönlich noch nicht untergekommen. Mein Vorschlag für ein entsprechendes Showkonzept wäre eine Mischung aus ‚Kochduell' und Science Slam.

Zwei Kandidaten bringen jeweils einen Korb mit Chemikalien im Wert von 100€ mit. Je zwei Biowissenschaftler, Team Heizpilz und Team Kühlfalle, improvisieren dann im Wettstreit, was sich in einer Stunde so daraus machen lässt. Während der eine das Ganze auf kleiner Brennerflamme köchelt, schreibt sein Teampartner die dazugehörigen Reaktionsgleichungen an eine Tafel und erklärt dem Publikum in der mitreißenden Art eines Sportreporters bei der Berichterstattung vom Finale der Fußballweltmeisterschaft den chemischen Ablauf. Am Ende der Sendung gibt es 40% der Teamwertung für Reinheit und Menge des synthetisierten Produktes, 60% entfallen auf die pädagogische Komponente. Das Team, dessen Erklärungen das Publikum am besten nachvollziehen kann, bekommt die meisten Punkte, und falls das Publikum hinterher nicht schlauer ist, hat die Jury heute leider keine Pipette für das Team.

Erklärung:
E.Coli steht für Escherichia Coli, ein u.a. im menschlichen Darm vorkommendes Bakterium, welches sehr häufig in der Forschung verwendet wird.

Praktikantin, Philosoph und Katze

Ein weltbekannter Philosoph soll einmal gesagt haben: „Es ist sehr schwer, eine schwarze Katze in einem dunklen Zimmer zu finden. Erst recht, wenn sie gar nicht da ist!"

Nun war es in unserem Fall keine schwarze Katze, sondern eine Praktikantin.

Es beginnt mit einer Stimme am Telefon.

„Guten Tag, ich bin der Lehrer von Paula. Sie macht gerade ein Praktikum bei Ihnen und ich würde sie gerne mal sprechen."

Ich bin verwirrt. Derzeit haben wir nicht eine einzige Schulpraktikantin.

Allerdings darf man ja heutzutage nicht alles glauben, was einem fremde Menschen am Telefon erzählen. Andererseits fragt dieser Mann nicht nach unseren Kontodaten, er will auch keine Umfrage machen oder uns einen Autogewinn verkünden. Er fragt nur nach Paula. Deshalb gebe ich bereitwillig Auskunft.

„Hier gibt es keine Paula."

„Aber hier im Praktikumsvertrag steht Ihre Telefonnummer."

„Es tut mir leid, aber es gibt in unserer Arbeitsgruppe derzeit keine Paula, und die nächste Schulpraktikantin kommt erst in fünf Wochen."

Der Lehrer gibt nicht auf.

„In Paulas Praktikumsvertrag stehen Ihre Adresse und Telefonnummer."

Ich halte die Sprechmuschel zu.

„Weiß jemand etwas von einer Schulprakti-kantin namens Paula?", rufe ich ins Labor hinein. Es kann ja sein, dass es mal wieder alle wissen, nur ich nicht.

Schweigen.

„Es tut mir leid, aber meine Kollegen wissen auch nichts von einer Paula."

„Aber wo ist sie denn dann?"

Der arme Mann scheint richtig verzweifelt. Wahrscheinlich fragt er sich, mit welch zwielich-tigen Gestalten sich Paula da eingelassen hat, sieht sein verirrtes Schäfchen schon von knurren-den Wölfen umringt. Dem muss ich abhelfen.

„Geben Sie mir bitte Ihre Telefonnummer. Ich werde der Sache auf den Grund gehen", verspre-che ich und lege auf.

In der nächsten Viertelstunde frage ich mich durch nahezu unsere gesamte Arbeitsgruppe. Sek-retärin, zwei von vier Postdocs, die anderen bei-den betreuen gerade das Studentenpraktikum, meine TA-Kollegin, niemand weiß etwas von Paula.

Meine TA-Kollegin hat jedoch eine Idee.

„Wir sollten die Postdocs fragen, die das Stu-dentenpraktikum betreuen. Einer muss doch was wissen."

„Weißt du denn, wo das stattfindet?"

„Kann nur bei AG Müller oder AG Schmidt sein. Wohin gehen wir zuerst?"

Es war schon immer mein Traum, bei anderen Arbeitsgruppen vorzusprechen und folgende Frage zu stellen: „Guten Tag, uns ist womöglich eine Schulpraktikantin abhandengekommen, sofern wir sie denn gehabt haben. Ist die vielleicht bei euch?"

Von meiner Entscheidung hängt es jetzt also ab, ob wir diese Tatsache vor einer oder in zwei Arbeitsgruppen ausbreiten müssen.

Meine erste Wahl erweist sich natürlich als Zonk. Die Blicke der AG Schmidt Mitarbeiter stehen denen unserer eigenen Kollegen in nichts nach. Wir machen uns auf den Weg zur AG Müller. Ob der Philosoph mit seiner metaphorischen Katze auch solche Mühe hatte? Hieß die vielleicht sogar auch Paula?

Endlich finden wir einen unserer Postdocs im ersten der beiden Praktikumsräume, umgeben von zehn Studenten.

„Ist hier eine Schülerpraktikantin namens Paula?", ruft meine Kollegin in die Menge. Ein Moment des Schweigens, dann erklingt die Stimme unseres Postdocs aus dem Hintergrund.

„Die ist in der anderen Gruppe." Aha! Endlich eine Spur.

Also marschieren meine Kollegin und ich zum nächsten Praktikumsraum.

Und dort finden wir Paula!

Es stellt sich heraus, dass diese pünktlich um 9:00 Uhr zum Schülerpraktikum bei uns angetreten, dann aber den beiden praktikumsausrichtenden Postdocs über den Weg gelaufen ist, die sie kurzerhand unter den Arm klemmten und mit ins Studentenpraktikum nahmen.

Paula aber ist völlig zufrieden.

„Der Postdoc und die Studenten sind total nett und erklären mir alles."

Ich gebe ihr den Zettel mit der Telefonnummer ihres Lehrers und bitte sie, sich dennoch unverzüglich bei ihm zu melden, bevor dieser uns wegen „Verlust von Schutzbefohlenen" die Polizei auf den Hals hetzt.

Wir kehren in unsere eigene Arbeitsgruppe zurück, in der Gewissheit, dass Paula ein schönes Praktikum verbringt und ihr Lehrer seinen Seelenfrieden zurück erlangt hat. Diese Gewissheit mussten wir uns allerdings hart erarbeiten.

Oder, frei nach dem Philosophen „Es ist sehr schwer, eine Schülerpraktikantin in der eigenen Arbeitsgruppe zu finden. Erst recht, wenn sie im Studentenpraktikum ist."

Erklärung:

Als Postdoc bezeichnet man Personen, die ihren Doktorgrad erlangt haben und nun ihrerseits einer Arbeitsgruppe aus Bachelor, Master und Doktoranden vorstehen. Wäre unser Labor eine Baustelle, wäre der Postdoc also der Polier und der Professor die Bauleitung.

Mit der folgenden Geschichte trat ich einst zu meiner allerersten Schreibkurslesung an. Das Publikum hatte seinen Spaß, somit hatte ich Erfolg und ebenfalls Spaß. Der Kontrast zwischen dem enthusiastischen Prinzen und dem genervten Rapunzel ließ sich aber auch großartig inszenieren.

Was wäre wenn...Rapunzel kurze Haare gehabt hätte

Die modische Kurzhaarfrisur stand ihr großartig.

Sie brachte ihre Gesichtsform viel besser zur Geltung und war obendrein pflegeleichter als die langen Haare, die sie jeden Morgen eine halbe Stunde hatte kämmen müssen.

Hochzufrieden mit der Entscheidung, die sie tags zuvor getroffen hatte, wandte die junge Frau den Blick vom Spiegel ab. Ob ich mir auch eine andere Haarfarbe zulegen sollte, überlegte sie, gerade als vom Fenster eine Stimme zu ihr herein drang.

„Rapunzel, Rapunzel, lass dein Haar herunter!". Ach du Elend, der Prinz, mit dem hatte sie ja gar nicht mehr gerechnet. Sie lief zum Fenster und blickte hinunter. Tatsächlich, dort unten war er. Am Fuße des Turmes stand er und sah mit vor

Verehrung glühendem Blick zu ihr auf, die Zügel seines weißen Pferdes in der Hand haltend.

„Rapunzel, Rapunzel, lass dein Haar herunter!", wiederholte er voller Inbrunst.

„Äh, hallo. Da gibt es leider ein Problem, weißt du…", wollte sie ihm die Veränderungen in ihrer Lebensplanung erklären.

„O verzage nicht, holde Maid, meine liebste Angebetete", fiel er ihr ins Wort. „Ich werde alle Hindernisse überwinden, um zu dir zu gelangen. Nur einen Augenblick Geduld!"

Verdutzt beobachtete Rapunzel, wie der junge Mann ohne ein weiteres Wort auf sein Pferd sprang und in wilder Hast davon galoppierte. Weg war er.

Sie zuckte die Schultern „Auch gut!". Da konnte sie es sich auf dem Sofa gemütlich machen und eine Tasse Tee trinken.

Die Rechnung hatte sie allerdings ohne den Prinzen gemacht. Eine halbe Stunde später riss sie sein plötzliches Gebrüll aus ihrem geruhsamen Nickerchen.

„Geliebte, ich bin zurück."

Brummelnd stand sie auf und tappte zum Fenster.

Den Anblick, der sich ihr dort unten bot, verblüffend zu nennen, wäre gewaltig untertrieben gewesen. Offenbar hatte ihr Prinz im nahen Wald sämtliches Klaubholz zusammen gesammelt und es zu einer Art provisorischer Leiter zusammen gezimmert. Die Konstruktion machte einen äußert instabilen Eindruck. Den Prinzen schien das allerdings nicht zu bekümmern. Mit schwungvollem Schritt trat er auf die ersten Sprossen, die unheilvoll knarzten, zunächst aber seinem Gewicht standhielten. Abermals hub er mit seinen Liebesschwüren an.

„Holde Maid, ich komme dich zu retten! Meine starken Armen werden dich aus diesem furchtbaren Gefängnis befreien. Mit bloßen Händen reiße ich die Mauern nieder, die uns trennen", deklamierte er ununterbrochen, während er auf seinem wackeligen Gerüst höher und höher stieg.

„Lass das lieber", redete Rapunzel ihm zu. „Es wäre wirklich einfacher, wenn du…"

„Fürchte dich nicht, Liebste! Keine Gefahr scheue ich auf dem Weg zu deinem Herzen. Ich durschwimme reißende Flüsse, erklettere höchste Gipfel und sogar ein ganzes Heer von Feinden würde ich mit bloßen Händen …". Der Rest seiner Worte ging in einem Krachen und Splittern unter, als die Leiter unter dem Prinzen zusammen krachte und er reichlich unsanft auf seinem Hintern landete.

„Alles in Ordnung?", rief sie zu dem Trümmerfeld hinunter. Weniger, weil sie um sein Wohlergehen besorgt war, aber einen toten Prinz vor ihrem Turm wollte sie auch nicht haben. Das brachte nur unnötige Scherereien.

„Keine Sorge, dein Retter ist unverletzt!", drang seine benommene Stimme zwischen den

Holzteilen hervor, aus denen er sich mühsam hervor wühlte.

„Hör mir doch endlich mal zu", versuchte Rapunzel es erneut.

„Glaube nur nicht, dass mich dieser kleine Rückschlag auszuhalten vermag, Angebetete! Nur ein wenig Geduld, schon eile ich zu deiner Rettung!"

Und weg war er.

Lange währte die Ruhe auch diesmal nicht.

„Geliebte, ich bin zurück. Gleich bist du frei. Frei um mit mir die Nachthimmel zu durchfliegen, vorbei an tausenden von Sternen, die so hell glühen wie meine Liebe zu dir!"

Entnervt verdrehte sie die Augen. Woher hatte er bloß diese Ausdrucksweise? Lernte man so was auf der Prinzenschule?

„Geliebte, wo bist du? Lass mich dein liebliches Antlitz schauen!"

„Der macht mich noch wahnsinnig!", grummelte sie.

Diesmal präsentierte er ihr ein großes Tuch, eine Art Bettlaken, das er zwischen den Bäumen, die den Turm flankierten, straff aufgespannt hatte, so dass es eine Art Trampolin bildete.

Der Prinz selbst hockte in einer Astgabel darüber.

„Es ist soweit. Gleich werden wir zusammen kommen!", schmetterte er triumphierend bevor er sich in die Tiefe stürzte. Zuerst hörte man ein lautes Reißen, gleich darauf ein mitleiderregendes

Plumps. Kopfschüttelnd begrub sie das Gesicht in den Händen. Ein Gutes hatte sein neuerlicher Fehlschlag allerdings: Der übereifrige Retter war einen Moment still und sie konnte sich endlich Gehör verschaffen.

„Was ich dir die ganze Zeit zu sagen versuche: Die Turmtür ist offen!"

Diese Eröffnung verschloss ihm endgültig den Mund.

„Tür? Welche Tür? Ich dachte deine Haare…".

Erst da schien er ihre neue Frisur überhaupt wahrzunehmen. Typisch Mann.

Reichlich verlegen schlich er um den Turm herum. Auf der Rückseite stand seine Angebetete in der offenen Tür des Bauwerks. Das ließ ihn Hoffnung schöpfen.

„Du empfängst mich offenen Armes, Liebste? Ich hoffe dein Herz ist ebenso offen wie mich wie ein taubedeckter Blütenkelch und wir werden gemeinsam…".

Ihre ausgestreckte Hand traf seine Brust, als er eben den Fuß über die Schwelle setzte.

Mit großen Augen sah er sie überrascht an. „Ich werde bestimmt nicht mit dir kommen und deine Frau werden. Ich habe gerade per Fernstudium meinen Abschluss in BWL gemacht und werde nächste Woche Teilhaberin im Betrieb der Frau Gothel!"

Nach diesen deutlichen Worten knallte sie ihm die Tür vor der Nase zu.

„Es tut weh und außerdem juckt es ganz schrecklich. Ich brauche einen Arzt!"

Melanie seufzte. Ihr Freund Peter lag bäuchlings im Hotelbett und war unleidlich. Seit sie beide am Nachmittag nach einem ausgiebigen Strandtag in ihr Hotelzimmer zurückgekehrt waren, tat er das, was jeder richtige Mann tut, wenn sein Rücken aussieht wie ein kurzgebratenes Stück Fleisch: Er jammerte.

„Es fühlt sich an, als stünde mein Rücken in Flammen. Ein Höllenfeuer, das mich von außen nach innen verzehrt." Nur mit Mühe gelang es Melanie, jegliche Belustigung aus ihrer Stimme zu verbannen.

„Das ist ein ganz normaler Sonnenbrand, Schatz. Daran wirst du nicht sterben, versprochen."

„Wie kannst du da so sicher sein? Du bist keine Ärztin und richtig hingeguckt hast du auch nicht", schmollte er.

„Hättest du mal auf mich gehört. Aber du warst ja der Meinung, eincremen wäre unmännlich."

Resigniert setzte sich Melanie neben ihren Freund auf die Bettkante und betrachtete pflichtschuldig seinen geröteten Rücken. Auf den ersten Blick sah es tatsächlich aus wie ein ganz gewöhnlicher Sonnenbrand, doch dann sah sie genauer hin.

„Du hast Recht. Das ist tatsächlich kein gewöhnlicher Sonnenbrand."

„Ha, siehst du. Das habe ich doch gleich gewusst! So wie es brennt, musste es ja etwas Ernsteres sein, aber du wolltest mir ja nicht glauben", trumpfte er auf.

„Da steht was." Vor Schreck vergaß Peter glatt das Jammern.

„Was? Was meinst du damit? Was soll denn da stehen?"

Melanie legte den Kopf schief und las mit gerunzelter Stirn:

„Sicherheitshinweis: Mein Licht kann Spuren auf ihrer ungeschützten Haut hinterlassen. Gezeichnet: Sonne!"

Auch Frauen mögen Filme, in denen Menschen von mutiertem Getier verschlungen werden, Außerirdische die Menschheit zu unterjochen versuchen und auch mal etwas anderes explodiert als nur die Leidenschaft der Hauptakteure.

Eine Erkenntnis, die offenkundig noch nicht zu den Programmkomponisten der Vorab-und-exklusiv-Reihen der großen Kinos vorgedrungen ist. Welche andere Erklärung gibt es sonst für folgende Malaise?

Nahezu jedes größere Kino unterhält eine, meist wöchentliche, Vorab-und-exklusiv-für Frauen- Reihe (VuefF). Da wollte ich schon immer mal hin, gibt es doch dort zumeist Gratisgetränke und mancherorts noch anderes lustiges Beiwerk. Lese ich mir aber das VuefF-Programm durch überkommt mich jedes Mal Frustration, und ich trete von meinem Vorhaben zurück. Meine Filmvorlieben erweisen sich nämlich stets als nur sehr bedingt kompatibel mit der VuefF-Filmauswahl.

Wenn ich schon einen Film vor dem offiziellen Kinostart sehe, will ich mir auf diese Exklusivität auch ein bisschen was einbilden, anderen davon erzählen und vielleicht sogar ein klein wenig mit meinem Herrschaftswissen prahlen. Das macht schließlich einen Großteil des Vergnügens aus. Neben den Gratisgetränken.

Die allermeisten der emotionsgeladenen Filme aus den VuefF- Reihen will ich jedoch überhaupt nicht sehen, schon gar nicht exklusiv und vorab, denn bei der einschlägigen Filmauswahl zeichnet sich ein klares Muster ab: Für Frauen gibt es Emotionen und Prosecco, den Männern serviert man Action und Bier.

Wer denkt sich sowas aus? Wo steht geschrieben, dass alle Frauen im Kino Emotionen und Prosecco mögen? Entspricht dies tatsächlich den cineastischen Wünschen der meisten Frauen des 21. Jahrhunderts? Gehöre ich etwa zur vernachlässigbaren Minderheit der actionbevorzugenden Frauen? So schien es.

Bis ich mit einer Gesinnungsgenossin eine Vorstellung des Haifisch-Thrillers „The Shallows" besuchte und das Publikum zu meiner großen Überraschung zu 70% aus Frauen bestand, allerdings ohne Bier soweit ich die Getränkehalter einsehen konnte. Ich fühlte mich trotzdem getröstet. Es gibt noch mehr von uns.

Damit keine Missverständnisse aufkommen, auch für Frauen müssen es nicht ausschließlich Actionfilme sein, aber ein etwas ausgewogeneres Genreverhältnis bei der VuefF-Filmauswahl wäre schön.

Übrigens gilt dies auch im Umkehrschluss. Zwei meiner Kollegen warfen zu dieser Debatte ein, sie fühlten sich von der klassischen Männer-

filmauswahl, die alle Männer zu beinharten Ac-
tionfilmkonsumenten erkläre, ebenfalls diskrimi-
niert und wünschten sich mehr VuefM-Filme mit
Tiefgang oder sogar mal eine Dokumentation.

Wir halten fest: Auch Männer mögen Filme,
in denen Synapsen aktiviert werden statt Zünd-
kapseln, und in denen auch mal auf die Tränen-
drüse gedrückt wird statt nur auf den Abzug.

Braucht es dann wirklich genderspezifische
Vorab-Filmvorführungen? Warum nicht eine gen-
respezifische ? Sowas wie VuefA, Vorab-und-
exklusiv-für-Actionfans? Oder VueR, Vorab-und-
exklusiv-für-Romatiker? Da dürfen dann alle
rein, und es gibt Bier, Prosecco und anderes lustiges Beiwerk für alle. Sneak Preview funktioniert
schließlich auch geschlechtsübergreifend.

Der folgende Text beruht auf der Theorie, dass sich während der Nachtruhe unser Astralleib aus seiner menschlichen Hülle löst und frei durch die Gegend schwebt. Wacht man dann allerdings zu schnell auf oder wird gar abrupt aus dem Schlaf gerissen, vertut sich der Astralleib gelegentlich bei seiner Rückkehr und landet im falschen Körper.

Ich wache auf und bin...

Mein Spiegelbild hat sich über Nacht sehr verändert.
Aus dem Spiegel blickt mir ein Mann entgegen. Kurze blonde Haare, jungenhafte Züge, blaugraue Augen. Kein Zweifel, ich bin Toni Kroos.
Allzu viel weiß ich ja nicht über Fußball, aber ihn erkenne ich sofort. Interessiert beaugenscheinige ich meinen, bzw. Tonis Körper. Da er offenkundig in verwaschenen Boxershorts zu schlafen pflegt, habe ich freie Sicht auf meinen neuen Seelentempel.
 So ein durchtrainierter Spitzensportlerkörper hat durchaus was für sich. Klar definierte Bauchmuskeln, kein Gramm zu viel auf den Rippen und diese strammen Schenkel. Einige Tätowierungen mildern das Image eines braven Jünglings ab und verleihen mir einen Hauch Verwegenheit. Besonders das Ziffernblatt auf dem linken Oberarm gefällt mir. Mein Astralkörper hat

einen wirklich guten Geschmack. Für seine Not-
landung hätte er sich schließlich auch den Körper
eines Sumoringers aussuchen können.

Und erst das Hotelzimmer. Wobei die Be-
zeichnung „Zimmer" meinem neuen Umfeld
kaum gerecht wird. Es ist eine Suite, und was für
eine. Panoramafenster, King-Size-Bett, Sitzecke
und Schreibtisch.

Warum bin ich nicht Profifußballerin geworden? Wahrscheinlich weil mich nie jemand unter
Vertrag genommen hat.

Die Kleider vom Vortag liegen hübsch ordentlich auf einer kleinen Polsterbank am Fußende
des Bettes. Toni wird mir immer sympathischer.

Dann bin ich wohl ab sofort Mittelfeldspieler
beim süddeutschen Traditionsverein.

Bei diesem Gedanken klingelt etwas in meinem neuen Kopf, und ein Blick auf die Datums-
anzeige der Armbanduhr auf der Ablage über
dem Waschbecken bestätigt es: Heute steigt das
Bundesligafinalspiel. Wir deutschen Südländer
gegen die deutschen Nordlichter.

Alle Hoffnungen meiner, also Tonis, Mannschaft ruhen auf dem offensiven Mittelfeld, also
auf mir. Plötzlich fällt mir siedend heiß etwas ein,
das bis gestern Abend für mein Leben keine große Rolle gespielt hat: Ich kann nicht Fußball spielen. Gut, ein bisschen kicken, zum Spaß gegen
den Ball treten, kein Problem, aber das ist wohl
nicht ganz das, was heute von mir erwartet wird.

Deswegen hat mich wahrscheinlich auch nie ein Fußballverein unter Vertrag genommen.

Das könnte heute durchaus zum Problem werden.

So durchtrainiert mein derzeitiger physischer Körper auch sein mag, bezweifle ich doch, dass er ohne mein Zutun Spitzenfußball spielen kann, quasi auf Autopilot.

Während ich noch darüber nachgrübele, klopft jemand geräuschvoll draußen an die Tür meines Hotelzimmers.

„Toni, bist du wach?"

„Weiß ich nicht genau, wäre möglich, dass ich noch träume", antworte ich, immer noch irritiert ob meiner spontanen Transformation.

„Mach vorwärts. Wir müssen los!" Er zieht ab, und ich wende mich wieder meinem aktuellen Problem zu.

Was Toni jetzt wohl in meinem Körper anstellt? Vorausgesetzt er steckt tatsächlich in meinem Körper. Oder haben unsere Astralleiber vergangene Nacht etwa zu mehreren ein munteres Bäumchen-wechsel-dich Spiel gespielt? Wer steckt dann in meinem Körper?

Und was wird jetzt aus dem Finale?

Soll ich wirklich mit dem Rest der Mannschaft raus aufs Spielfeld und mein Bestes geben? Alles tun, um Tonis Verein zum Sieg zu verhelfen?

Ich stutze.

Eine Idee nimmt in meinem, äh Tonis, Kopf Gestalt an. Keine nette Idee.

In der Bundesliga geht es ja kaum noch darum, wer gewinnt, sondern darum, ab welchem Spieltag liegt der süddeutsche Traditionsverein uneinholbar nach Punkten vorne.

Sollte man das nicht mal ändern? Ein bisschen frischen Wind in die alten Strukturen bringen? Das Wettgeschäft beleben? Das wäre doch eine einmalige Chance, und dann wäre es auch gar nicht schlimm, dass ich nicht Fußball spielen kann.

Aus dem Spiegel heraus lächelt Toni Kroos mich an.

Zum Schluss kommen wir zu Platz 3 auf der Rangliste meiner liebsten Vorlesegeschichten, wenn ich bei dieser auch an die Grenze meiner Selbstkontrolle gelangte. Anhaltendes Gekicher und Gelächter von meiner Seite hätte den Vortrag sicher gestört.

Diese wunderbar romantische Geschichte entstand aus der Kombination des Lesungsthemas „Kitschalarm" und meiner Erinnerung an einen Strandspaziergang, bei dem mich beinahe das gleiche Schicksal ereilt hätte wie meine junge Hauptakteurin. Wenigstens teilweise.

Begegnung am Meer

Iris genoss die Kühle des feuchten Sandes unter ihren bloßen Füßen.

Schon immer war der Strand ihr der liebste Ort gewesen, um zu entspannen, und heute ganz besonders. Es war ihr dritter Urlaubstag und zugleich ein Sommertag, wie er schöner nicht sein konnte.

Die Sonne schien warm, nur ein paar vereinzelte Wolkenschäfchen grasten auf der vergissmeinnichtblauen Himmelsau. Möwen segelten auf dem Wind und untermalten das gleichmäßige Rauschen der Wellen mit ihren Rufen. Einen Moment blieb sie stehen und lauschte mit geschlossenen Augen dem ewigen Lied des Meeres.

An einem so herrlichen Tag war ein Strand-spaziergang das Schönste, was es gab.

Iris schlenderte traumverloren weiter am Wasser entlang.

Ihr Blick schweifte über die mit Strandhafer bewachsenen Dünen und die rotweiße Silhouette des Leuchtturms in der Ferne. Eine frische Mee-resbrise trug den Geruch von Seetang und Salz an ihre Nase und verwehte ihr dunkelblondes, schul-terlanges Haar.

Sie bückte sich nach einem leeren Schne-ckengehäuse, das die Flut am Strand zurück ge-lassen hatte und wischte behutsam den Sand ab. Es war kunstvoll gedreht, mit einem wunderschö-nen perlmutternen Glanz in seinem Inneren. Völ-lig in die Betrachtung ihres Fundes versunken, ging Iris weiter. Der Ausläufer einer besonders großen Welle umspielte ihre Füße. Sie blieb ste-hen und spürte dem leichten Kitzeln nach, mit dem die Sandkörner zwischen ihren Zehen hin-durch gespült wurden. Nachdem die Welle ver-ebbt war, wollte Iris ihren Weg fortsetzen, doch sie hatte kaum den Fuß gehoben da…

„Stop!" Die Stimme eines Mannes riss sie aus ihren Tagträumen, das Schneckenhaus fiel ihr aus der Hand.

„Setzen Sie Ihren Fuß auf keinen Fall an die-ser Stelle ab."

Irritiert von dieser Warnung senkte Iris den Blick und starrte entsetzt auf das, was keine 20cm unter ihrer nackten Fußsohle aus dem Sand ragte.

Vorsichtig stellte ihren Fuß einen halben Meter dahinter ab. Das Herz schlug ihr bis zum Hals.

Der Mann, der keine fünf Meter entfernt im Strandhafer gesessen hatte, kam zu ihr herüber. Er trug ein verwaschenes Jeanshemd über einem weißen Shirt und ging ebenfalls barfuß.

Mit Daumen und Zeigefinger zog er den gefahrvollen Gegenstand aus dem Sand hervor und richtete sich auf.

Ein silbrig schimmernder Fischkörper aus bläulichem Kunststoff lag auf seiner Handfläche. An der gut 10cm langen Fischattrappe baumelten zwei Haken, jeder mit drei grausam aussehenden Spitzen bestückt. Als Iris begriff, wie nah dieses Ding daran gewesen war, sich in ihren nackten Fuß zu bohren, fuhr ihr ein gewaltiger Schreck in die Glieder.

Ihr wurde schwindelig, und die eben noch angenehm kühle Brise ließ sie plötzlich in ihrem ärmellosen Sommerkleid frösteln.

Das blieb ihrem Retter nicht verborgen.

„Alles in Ordnung?"

Iris nickte ganz automatisch, merkte jedoch gleich darauf, dass das gelogen war. Ihre Knie fühlten sich an, als wären sie aus Wackelpudding

Der Mann legte ihr die Hand auf die zitternde Schulter.

„Setzen Sie sich besser hin."

Er ließ sich in den Sand niedersinken und zog Iris behutsam neben sich.

„Tief durchatmen, das ist nur der Schreck."

Gleich darauf legte sich warmer Stoff um ihre Schultern.

„Besser so?"

Sie nickte dankbar und wickelte sich fest in sein wohlig warmes Hemd. Aus dem hellblauen Stoff stieg ihr der Duft seines Körpers in die Nase, durchsetzt mit einem Hauch von Sonnencreme.

Iris vergrub ihre Füße im sonnendurchtränkten Sand. Die Wärme um Schultern und Füße tat gut und vertrieb den Schreck aus ihrem Körper.

Allmählich kehrte die Farbe in ihre schreckensbleichen Wangen zurück.

Ihr Retter schien es ganz und gar nicht eilig zu haben. Er blieb geduldig an ihrer Seite. Iris wunderte sich, dass er keinerlei Anstalten machte, seines Weges zu gehen, empfand aber eine tiefe Dankbarkeit dafür. Seine Nähe gab ihr das Gefühl von Schutz und Geborgenheit. Nach einer kleinen Weile fand sie ihre Stimme wieder.

„Vielen Dank für Ihre Hilfe."

„Gern geschehen. Geht´s Ihnen besser?", erkundigte er sich mit seiner samtigen, tiefen Stimme. Eine Stimme wie flüssige Schokolade, die ebenso dazu beitrug ihr aufgewühltes Gemüt zu beruhigen, wie seine Hand, die nach wie vor warm auf ihrer Schulter lag. Als sie nickte, ließ er sie los.

„Entschuldigen Sie, ich wollte Ihnen nicht zu nahe treten. Ebenso wenig wollte ich Sie vorhin erschrecken." Iris lachte auf.

„Erschreckt hat mich der Anblick dieses Angelhakens, nicht Sie. Im Gegenteil. Sie haben mich vor Schlimmerem bewahrt."

Ihr Blick fiel auf die Fischattrappe, die ein Stück vor ihren Füßen im Sand lag.

Die Spitzen an den Drillingshaken endeten in martialisch aussehenden Widerhaken und waren dazu noch von einer dicken Rostschicht überzogen.

„Mit diesem Ding im Fuß hätten Sie diesen herrlichen Sommertag in der Notaufnahme verbringen müssen, inklusive Tetanusspritze", stellte er fest. Iris schauderte.

„Wie konnten Sie dieses Ding von Ihrem Platz in den Dünen aus sehen?"

„Bedanken Sie sich bei der See. Hätte die letzte Welle nicht den Sand über dem Angelhaken fortgespült, hätte ich ihn bestimmt nicht bemerkt. Meine Gedanken waren nämlich ganz woanders."

„Wo denn?"

„Bei dir."

„Bei mir?" Eine leichte Röte stieg Iris in die Wangen.

„Du bist mir schon bei deinem gestrigen Strandspaziergang aufgefallen, doch da habe ich einfach nicht den Mut gefunden, dich anzusprechen."

Iris lachte. „Dann war dieser Angelhaken im Sand ja ein echter Glücksfall für mich."

Er lächelte verlegen.

Zum ersten Mal sah sie ihn richtig an.

Das weiße Shirt schmiegte sich wie eine zweite Haut an seinen muskulösen Oberkörper und die breiten Schultern. Es war der Körper eines Mannes, dem man sich bedenkenlos anvertrauen konnte. Die Arme eines Beschützers, wie er ja soeben bewiesen hatte.

Plötzlich wurde ihr bewusst, wie lange sie schon seinen Körper anstarrte. Sie riss sich zusammen und sah ihm ins Gesicht. Was die Sache allerdings nicht besser machte.

Augen, so blaugrau wie das Meer erwiderten ihren Blick, und in diesen Seelenfenstern glitzerte es, wie die Strahlen der ersten Morgensonne auf der spiegelnden Oberfläche einer Meereswoge.

Ihre Blicke hielten einander fest. Iris Herz klopfte bis zum Hals, diesmal allerdings nicht vor Schreck. Etwas in diesen graublauen Tiefen sprach zu ihr, löste ein nie gekanntes Gefühl in ihrem Innersten aus. Ein Gefühl, das Iris festhalten wollte, genau wie ihn.

„Wenn das so ist, würdest du mich statt zu einem Verband und einer Tetanusspritze in die Notaufnahme auch zu einem Eisbecher ins Strandcafé begleiten?", fragte sie spontan.

Jetzt glitzerte es in seinen Augen wie auf allen Wogen des Meeres zugleich.

„Das würde ich sehr gerne tun."

Er hob das heruntergefallene Schneckenhaus aus dem Sand und reichte es ihr. Ihre Hände berührten sich. Mit klopfendem Herzen blickte Iris in die strahlenden Augen ihres Retters.

Wer hätte gedacht, dass ein Beinaheunfall mit einem rostigen Angelhaken zu so etwas führen würde, dachte Iris.
Wie hatte ihre Großmutter immer gesagt? Man weiß nie, wofür es gut ist.